LYRE ET PINCEAU

OU

JÉSUS DIEU DES ARTS

ESQUISSES POÉTIQUES ET MORALES

D'APRÈS L'ÉVANGILE

PAR

M. L'ABBÉ MITARD.

....Ut pictura poesis erit.
HORAT.

....Non sapit mihi nisi legero ibi Jesum.
S. BERNARD.

PARIS

JOSEPH ALBANEL, LIBRAIRE,

15, RUE DE TOURNON, 15

1867

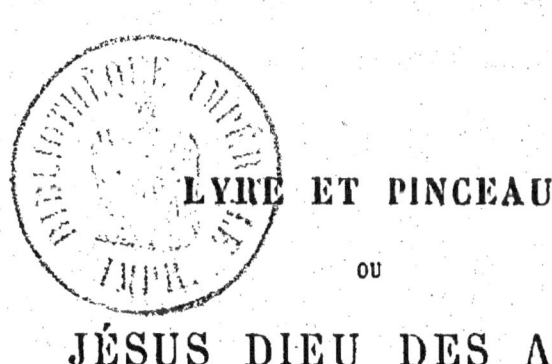

LYRE ET PINCEAU

OU

JÉSUS DIEU DES ARTS.

POITIERS. — TYPOGRAPHIE ET STÉRÉOTYPIE OUDIN.

LYRE ET PINCEAU

OU

JÉSUS DIEU DES ARTS

ESQUISSES POÉTIQUES ET MORALES

D'APRÈS L'ÉVANGILE

PAR

M. L'ABBÉ MITARD.

....Ut pictura poesis erit.
HORAT.

....Non sapit mihi nisi legero ibi Jesum.
S. BERNARD.

PARIS
JOSEPH ALBANEL, LIBRAIRE,
15, RUE DE TOURNON, 15
1867

LETTRE A M. ALBANEL.

Monsieur,

Le matérialisme, le rationalisme, et même le paganisme formel sont dans l'art contemporain; c'est un fait patent et universel. Comment réagir ? Sera-ce par un enseignement solennel, ex cathedra? Oui, d'abord, et nos grands pontifes, nos grands prédicateurs, surtout le Révérend Père Félix dans ses Conférences de cette année, nos grands publicistes n'y ont pas manqué. C'est bien. Les esprits d'élite auront pu être atteints. Mais au-dessous, il y a le public, public intelligent, éclairé et lettré, mais frivole, incapable de lire jusqu'au bout un livre sérieux. Comment atteindre ce public qui fait pourtant les artistes en achetant leurs pro-duits et dont bon nombre d'artistes eux-mêmes, par consé-quent, font partie ? Assurément, si vous voulez le prêcher et le convertir directement, il s'envolera comme l'oisillon. Il faut le prendre à son insu ; il faut lui former le jugement et le goût par des lectures d'un caractère plus conforme à sa légèreté, à son inconstance. Tel est le but que je me pro-pose dans Lyre et Pinceau, esquisses poétiques et morales d'après l'Évangile. Pour propager en peu de mots la notion chrétienne de la peinture, pour insinuer qu'elle n'est autre chose que le langage d'une âme chrétienne, il fallait faire vibrer une âme chrétienne sous l'impression des divers sentiments qui agissent sur elle, la mettre sous divers aspects en communication avec le Verbe incarné, type suprême de l'art : et cela dans une succession de petits tableaux évangéliques, connus de tous et faciles à allégoriser, à présenter comme expression d'un sens moral, afin d'avoir, de la sorte, l'occasion de parler de temps en temps peinture, sans désorienter le lecteur et surtout sans le laisser oublier un instant que le premier devoir du peintre est d'attirer les yeux de l'esprit et de disposer le cœur à la vertu ; et cela encore, en vers, attendu que la forme poétique est la forme artistique par excellence et que par son vol rapide elle dispense de bien des détails.

Voilà, Monsieur, l'idée sommaire du petit livre dont vous voulez bien patronner la vente. Puisse-t-il se répandre couramment pour la plus grande gloire de Dieu et le progrès des âmes.

J'ai l'honneur d'être avec le plus profond respect,

Monsieur,

Votre très-humble et très-obéissant serviteur,

J.-B. M.

AU LECTEUR.

—

Le titre d'un ouvrage, clairvoyant lecteur, en est sans doute à vos yeux la meilleure préface ; et réciproquement, la meilleure explication du titre est le livre lui-même. C'est ainsi qu'à une simple proposition peut se réduire le plus long discours. C'est ainsi que le chêne sort du gland et que tous les points d'une circonférence convergent vers le point central; mais, outre que l'on ne saurait porter dans les choses de la littérature et de l'art cette précision mathématique, il peut arriver que le livre soit au titre et à l'épigraphe ce que l'espèce est au genre, ce que la branche est à l'arbre entier, ce que l'épisode est au poëme, la mineure à la majeure ; ce que chaque plan, chaque détail du paysage est au tableau complet. Dans ce cas, un auteur doit au moins indiquer par quelques lignes préliminaires le principe, le point de vue où il s'est placé pour écrire. Combien ce premier coup d'œil d'ensemble éclairera et aplanira le chemin de la lecture! Ce sera la synthèse précédant l'analyse comme une

1

mère qui marche à reculons devant son enfant, lui tendant les bras pour prévenir ses chutes, pour l'attirer plus sûrement et plus promptement sur le sein où il puise encore la vie. La synthèse, c'est l'unité; et l'analyse, la variété. Tout part de l'unité, et tout, sans confusion, doit y rentrer : sinon tout serait sans charmes dans les beaux-arts comme dans la nature.

Voici donc l'idée-mère qui a donné naissance à ces faibles poésies ; car elles ne sont pas nées d'elles-mêmes. Nous avons en horreur la théorie de l'art pour l'art, et nous ne faisons point de vers pour des vers. « L'homme digne d'être écouté (ora-« teur, poëte ou artiste, qu'importe?) est celui « qui ne se sert de la parole que pour la pensée « et de la pensée que pour la vérité et la « vertu [1]. »

Sous les rimes de chaque pièce de ce recueil, on trouvera des pensées et des pensées morales et chrétiennes. Mais d'abord, sous les rimes de toutes les pièces ensemble il y a une thèse générale, toute une théorie, toute une rhétorique de l'art. Peut-être un jour la publierons-nous en prose. Pour le moment, qu'il nous suffise de la signaler. Comme elle est le moule dans lequel nos vers ont été cou-

---

[1]. FÉNELON, Lettre à l'Académie française.

lés, nous espérons qu'ils en offriront une assez vive et fidèle empreinte.

Cette idée-mère figure dans notre titre principal : *Lyre et Pinceau, ou Jésus Dieu des Arts.*

Nous disons lyre et pinceau comme nous dirions : le sens et la lettre, l'intention et le fait, l'idée et le symbole, le texte et la gravure, l'âme et le corps. Ainsi, nous voulons premièrement que toute œuvre d'art soit l'expression correcte et vivante d'une pensée vraie qui l'éclaire, d'un noble sentiment qui l'anime et la féconde, conformément à la fameuse maxime d'Horace : *ut pictura poesis erit,* la poésie sera comme une peinture, maxime que nous prenons à rebours attendu qu'elle est aussi applicable dans l'un que dans l'autre sens. En effet, s'il ne vient raisonnablement à l'esprit de personne de contester qu'une poésie doive être comme un tableau, qui refusera d'admettre réciproquement qu'un tableau doive être comme une poésie ? Des pensées et des sentiments matérialisés par des images, ou des images spiritualisées par des sentiments et des pensées, n'est-ce pas tout un ? Le corps et l'âme, dans le langage et dans la peinture comme dans la personne humaine, n'exercent-ils pas l'un sur l'autre une continuelle réaction ? Ne faut-il pas que l'homme tout entier se retrouve dans ses œuvres ? Par l'intermédiaire de nos sens, n'y a-t-il pas communication de notre âme à la nature et corrélativement de la nature, des phénomènes et des événements extérieurs à notre âme? De plus, ne saisissons-nous pas, surtout par la foi, c'est-à-dire par le sens et l'esprit chrétien, le rapport mutuel qui va de la création et de nous à Dieu et de Dieu à nous et à la création? Nous voulons donc, en second lieu, que sur toute œuvre artistique tombe un rayon de Celui qui est la lumière par excellence : *erat lux vera quæ illuminat omnem hominem venientem in hunc mundum.* Insipide est pour moi, disait saint Bernard, tout écrit où je ne puis pas lire le nom de Jésus : *si scribas non sapit mihi nisi legero ibi Jesum.* Traduisez également : Insipide est pour moi toute peinture, sculpture, gravure, etc..., qui n'a pas quelque rapport médiat ou immédiat, prochain ou éloigné avec Jésus-Christ. Nous voulons, en un mot, que de concert avec le peintre, harmonisant sur sa toile les couleurs de sa palette, un poëte, un prophète invisible fasse vibrer les cordes de la lyre chrétienne et chante l'épithalame des noces de l'esprit et de la matière, de la raison et de la foi (plusieurs prophètes, pour s'inspirer et prédire l'avenir, avaient coutume de se faire apporter des harpes et des lyres, *adducite mihi psalten.* Ils n'entraient dans leurs saints transports qu'au son des instruments.

Sans la lyre, l'instrument par excellence de la poésie comme le pinceau est l'instrument par excellence de l'art plastique, ils ne découvraient que la
réalité présente ; par elle, tout un nouveau monde,
le monde de l'âme et de l'avenir, se dévoilait à leurs
regards. De tout temps d'ailleurs l'usage associa
les peintres et les poëtes... *pictoribus atque poetis.*

Quidlibet audendi semper fuit æqua potestas.
HORAT.
— Amis, mes deux amis, mon peintre, mon poëte.
VICTOR HUGO, *Feuilles d'Automne*)

L'art, en effet, qu'on se garde bien de s'y mé-
prendre, ce n'est pas la nature servilement repro-
duite et imitée. Il est la reproduction de la nature,
oui, mais de la nature en tant que perçue par
l'âme humaine, par l'âme chrétienne, et pour le
bien moral et surnaturel de l'homme et de la société. Il ne suffit pas que le beau artistique soit
humainement beau ; il doit être, du moins pour
s'élever à sa plus haute puissance, humainement
et divinement beau, selon Jésus-Christ, selon
l'Homme-Dieu. Qu'on n'objecte pas que l'intelligence de l'homme est sujette à l'erreur et son cœur
souvent égaré par la concupiscence. Il n'est que
trop certain que tout n'est pas humainement beau ;
mais, pour voir chaque chose dans son vrai jour,
nous avons un milieu, un miroir tout à la fois pro-

portionné à la faiblessse de notre regard et capable
de le redresser. Ce miroir, c'est d'abord la conscience où Dieu mit sa ressemblance en nous créant,
mais c'est surtout le Médiateur par excellence, ce
grand miroir de toute vérité, cette splendeur du
Père dont les rayons arrivent jusqu'à nous à travers les ombres de son humanité. C'est lui qui,
par sa doctrine, par ses préceptes, par ses conseils et par ses exemples, règlera nos pensées,
nos sentiments et nos mœurs. C'est lui qui
sera notre idéal, notre architecte à la façon de
saint Thomas et d'Aristote. C'est lui qui sera la fin
morale et suprême de toute notre vie. En lui et par
lui tout rentrera dans l'ordre et dans l'harmonie.
Sans doute, en vertu de la liberté de l'homme et
par suite de l'abus qu'il en fera jusqu'à la fin des
siècles, le mal viendra toujours se placer à côté du
bien, mais il ne fera que mettre le beau en relief,
comme nous voyons dans la peinture les tons obscurs faire ressortir les effets lumineux. Sous ce
prétexte ni sous un autre, n'ayons pas le malheur
de briser l'œuvre de Dieu qui n'a voulu faire qu'un
seul tout du monde de la matière, du monde de
l'âme, du monde de la grâce; qui a tout conçu et
tout exécuté par son Verbe, qui veut tout restaurer
par son Christ!

Dans Lyre et Pinceau, la lyre c'est le Verbe et

l'âme du Verbe; le pinceau, le corps du Verbe. Jésus-Christ, ce Jésus trait d'union de l'homme et de Dieu, de la Terre et du Ciel, ce Jésus qu'il ne faut pas scinder, décomposer, sous peine non-seulement de n'être pas enfant de Dieu, de n'avoir pas l'esprit de Dieu, le sens chrétien, mais de ne mériter même pas, du moins de plein droit, le nom d'artiste : *omnis spiritus qui solvit Jesum ex Deo non est*; ce Jésus nous apparaît comme l'idéal absolu et l'expression parfaite de toute vérité, comme le symbole infiniment vivant et complet, puisque le symbole est le point de réunion, le nœud, le confluent de la forme et de l'idée; comme le type suprême d'où la beauté descend sur toutes les œuvres du génie soit dans la philosophie et dans les sciences, soit dans les lettres, soit dans les arts : *In quo sunt omnes thesauri scientiæ et sapientiæ absconditi.*

Ainsi entendu, notre principal titre, vous le voyez, bienveillant lecteur, nous élève d'un premier essor à un point de vue éminemment philosophique et surnaturel. Devant nous, comme devant le patriarche rêvant dans les plaines de la Mésopotamie, se dresse l'échelle universelle des êtres, cette échelle médiatrice du Verbe fait chair, dont une extrémité se perd dans les cieux et l'autre dans les profondeurs de la terre.

Or, c'est à ce point de vue, en face de cet idéal,

de cette fenêtre ouverte sur l'infini, c'est en perspective de cette échelle mystérieuse qu'il faut se placer pour apprécier et le peintre et ses œuvres. Le reste est loin d'être indifférent. Sans nul doute, il faut la correction du dessin, car il y a, comme dit M. Rio, l'esprit du contour. Le contour est la forme de l'âme, la lettre de l'âme; il faut le charme du coloris, car, dit encore le même auteur, le mérite du coloris est beaucoup moins superficiel et même beaucoup moins matériel qu'on ne le pense, et il tient à des conditions psychologiques d'un ordre très-élevé, mais l'idéal, l'idéal avant tout. Après cela, donnez-moi un bon dessinateur, un bon coloriste, et nous aurons le peintre modèle. Après cela, fondons une école, et cette école réunira les trois principales écoles italiennes; celles qui représentent les trois dons de la perfection dans la peinture : l'école ombrienne qui a excellé dans l'expression des pieux élans et des pures affections de l'âme; l'école florentine qui a excellé dans la science du dessin et en général dans la représentation des contours et des formes; l'école vénitienne qui a excellé dans le coloris.

Arrière donc la théorie romantique de l'art pour l'art, la théorie panthéiste, réaliste, naturaliste ! A bas le culte de la forme muette, idolâtrique ! A bas la déesse Raison ! Comprenez enfin que pour

trouver l'art, il ne faut pas s'en aller raser d'un
vol pesant les surfaces des objets qui peuplent la
sphère des sens; qu'il ne suffit pas non plus de
s'élever d'un vol saccadé dans l'atmosphère turbu-
lente des passions, mais qu'il faut s'élancer librement, avec majesté ou avec grâce, dans la sphère
des idées morales, et même, à la suite de l'aigle
évangélique, tâcher d'aller planer dans ces hautes
et sereines régions du spiritualisme chrétien, voi-
sines de l'infini !

Telle est la pensée fondamentale de *Lyre et Pinceau*
et la vraie notion de l'art. Pitié, pitié profonde, sinon
mépris formel à celui qui croirait mériter le nom d'artiste en se bornant à copier photographiquement
les objets ! Honte, malédiction éternelle à celui qui,
pour arriver plus sûrement et plus promptement
au succès, ne se proposerait que de flatter les goûts
vicieux de ses contemporains et contribuerait ainsi
à la dépravation de l'art et de la société ! Anathème
au peintre bourgeois qui semblerait affecter de se
renfermer dans l'ordre purement rationnel et humain et de découronner ses œuvres de toute auréole du sentiment chrétien ! Il serait vraiment
coupable d'un commencement d'apostasie. « Celui
qui n'est pas avec moi est contre moi », dit Jésus-
Christ ! Anathème surtout et excommunication
majeure *ipso facto* à l'apostat déclaré qui se plairait

à faire revivre parmi nous les types du paganisme !
Quelle preuve d'intelligence et de bonne foi serait-
ce faire d'ailleurs que de choisir le mensonge de
préférence à la vérité, quand on connaît ou lorsqu'on peut connaître l'un et l'autre ? Ah ! ce serait
bien ici le lieu de rappeler ce que disaient les premiers Pères de l'Église aux fidèles de leur temps
qui ne pouvaient résister à la séduction des spectacles païens : « Hé quoi ! vous seriez assez ingrats
et assez inconséquents pour aller mendier des
spectacles aux idolâtres ! *Christianus habet specta-
cula meliora* : les chrétiens ont-ils donc rien à leur
envier en ce genre ? » (S. Cyp., *De spect.*) Ce que
l'expérience et le génie heureux des anciens et de
ceux qui depuis les ont pris pour maîtres ont pu
leur faire inventer de bon dans les procédés techni-
ques de la peinture, de la statuaire et de l'architecture, qu'on le leur emprunte, à la bonne heure ;
assurément, nous sommes loin de le proscrire ;
notre théorie n'a rien d'exclusif ni d'étroit ; ou
plutôt, les premiers, nous le recommandons à l'at-
tention et à l'émulation des artistes chrétiens,
pourvu qu'ils s'efforcent de se l'approprier comme
les apologistes de la foi s'appropriaient jadis les
vérités qu'ils rencontraient dans les écrits des philosophes et des poëtes, les retirant pour un meilleur usage des mains de ces injustes possesseurs.

Mais se montrer, comme on le fait depuis trois siècles, païen pour le fond, c'est-à-dire pour le choix des sujets; païen pour le culte du nu, dans la forme; païen pour l'engouement d'imitation servile de tout ce qu'on est convenu d'appeler l'antique, voilà ce qui est incompatible avec la profession du christianisme : *Quæ enim participatio justitiæ cum iniquitate? Aut quæ societas luci ad tenebras? Quæ autem conventio Christi ad Belial? Aut quæ pars fideli cum infideli? Qui autem consensus templo Dei cum idolis? Propter quod exite de medio eorum et separamini, dicit Dominus, et immundum ne tetigeritis* (Con. II, c. VI, v. 14).

Un mot maintenant sur ce titre secondaire : *Esquisses poétiques et morales d'après l'Évangile*. Il désigne l'application que nous avons faite, pour notre part, de la théorie qui précède, c'est-à-dire les poésies de ce recueil. Puisque nous donnons Jésus-Christ comme le grand symbole, comme la plus haute expression synthétique de la vérité, comme le régulateur suprême de l'art, nous nous sommes placés en face et aux pieds de ce modèle par excellence, et non-seulement nous nous sommes inspirés de lui en le prenant pour archétype, mais c'est lui-même que nous avons choisi pour sujet immédiat, et que nous avons voulu esquisser poétiquement et moralement, la lyre

d'une main et le pinceau de l'autre ; car l'Homme-
Dieu n'est pas seulement la loi des intelligences,
il est aussi le plus noble objet de leurs médita-
tions et de leurs œuvres. *Lyre et Pinceau* : c'est
donc tout à la fois le Verbe incarné et le Verbe incarné esquissé. La Lyre, nous le répétons, représente le Verbe et l'âme humaine unie au Verbe ; le
Pinceau représente le corps de cette âme unie hy-
postatiquement au Verbe , le côté accessible à
la peinture, lequel côté nous esquissons *non solum
corporaliter sed etiam spiritualiter* ; car ce que N.-S.
J.-C. faisait corporellement, dit saint Augustin, il
voulait aussi qu'on l'entendît spirituellement :
*Dominus enim noster Jesus Christus ea quæ faciebat
corporaliter etiam spiritualiter volebat intelligi. Nam
quia ipse Christus Verbum Dei est, etiam factum
Verbi verbum est* (S. Aug., *Tract.* 24, *in Joannem*).
De la sorte, c'est la théorie et la pratique, l'œuvre
et l'archétype dans un même objet. Voilà pourquoi, au lieu de choisir indifféremment un certain
nombre de sujets offrant peut-être plus de liberté
à l'imagination, aux développements vulgairement
poétiques, et que nous aurions pu tout aussi bien
orienter vers Jésus-Christ , nous nous sommes
astreints à suivre en quelque sorte chronologique-
ment la vie du Sauveur, à ne traiter que des sujets
où il figure personnellement et principalement.

Notre but étant de le montrer comme foyer du beau dans les arts, pouvions-nous mieux faire que de l'envisager lui-même relativement à ce foyer, de le rapporter lui-même à lui-même, de le placer tout à la fois au centre et à la circonférence ? Car il est au centre par sa divinité, et à la circonférence par son humanité : *alpha et omega, primus et novissimus.* Par son incarnation, toutes les choses extérieures se meuvent avec lui, harmonieusement emportées dans sa sphère. Pouvions-nous rendre plus visible, plus direct et plus un [1] le double rayon qui doit

1. Il y a incidence et réflexion. Le rayon lumineux du Verbe s'incarne dans le fait évangélique ; *corporaliter* ; puis il remonte *spiritaliter* ; mais le rayon est un quoique réfléchi. L'art n'a pas besoin de le décomposer, de le dédoubler de la sorte. Il suffit d'exprimer l'un de ces rapports et de sous-entendre l'autre, de manière qu'il y ait toujours néanmoins âme et corps ou corps et âme, *Verbum caro* ou *caro Verbum*, selon qu'on envisagera historiquement ou mystiquement son sujet. Pour nous, dans ces esquisses comme nous faisons avant tout, la théorie, et que la théorie embrasse tous les sujets en général, nous présentons à peu près également les deux aspects ; mais nous sommes loin de vouloir qu'on traduise de la sorte sur la toile ou par d'autres moyens plastiques les faits évangéliques ou autres. Ce serait s'exposer à rompre l'unité, et souvent à mettre l'allégorie froide et inanimée à côté de la réalité vivante et parlante. Ce qui est possible à la poésie ne l'est pas toujours à la peinture, sa sœur. Très-riche et très-varié est le symbolisme chrétien ; mais il ne faut pas en abuser, et quand la réalité elle-même peut et doit parler, importune et superflue serait la figure. Qu'on se rappelle surtout que, grâce à l'école romantique, qui a eu du moins cela de bon, le parnasse païen est à peu près démoli ; que les vaines ombres de l'allégorie mythologique sont à peu près chassées de l'atmosphère de la littérature et de l'art.

aller de lui à toute œuvre artistique, et de toute
œuvre artistique à lui ? Jésus-Christ, tel que nous
le présentons, est donc la clef de l'art et la clef
dans la serrure : *O clavis David, aperis et nemo
claudit, claudis et nemo aperit.* Nous le présentons
d'après l'Évangile, car où trouver le portrait, la
ressemblance photographique de Jésus-Christ,
sinon dans l'Évangile ? L'Évangile à la main, nous
avons donc suivi le divin Sauveur à travers les
différentes phases de son enfance, de son adoles-
cence et des premiers temps de sa vie publique.
Nous nous sommes fait ainsi comme une galerie de
petits tableaux devant lesquels nous nous sommes
arrêté successivement pour en tirer des induc-
tions poétiques et morales, sans perdre de vue un
seul instant l'idée que nous tenons avant tout à
inculquer. S'il résulte de là quelque monotonie,
c'est la même que celle qui doit résulter d'une col-
lection de gravures d'un même artiste, d'Overbeck,
par exemple. Les sujets ont beau varier, on y reconnaît toujours l'idéal et le style du même dessinateur. Quoi qu'il en soit, nous ne regrettons
qu'une chose, c'est que notre pratique à nous
réponde si imparfaitement à la théorie ; mais,
comme théorie, nous ne craignons pas de le dire,
ces deux simples mots : *Lyre* et *Pinceau*, qui sont
synonymes de Verbe incarné, au point de vue de
l'art, et qui font voir que toute forme artistique

doit être animée, inspirée, et animée, inspirée chrétiennement, mériteraient d'être brodés en lettres d'or sur la bannière que nous voudrions voir flotter à la tête de cette jeune France, éprise de l'amour du beau et qui cherche le progrès. Là se trouve condensée comme dans son germe la grande pensée de M. de Chateaubriand : *Le Génie du Christianisme.* Qui ne voit pas d'ailleurs que tout converge vers cet unique point central ? A ne considérer que l'homme terrestre et mortel, son âme est déjà, dit Leibnitz, représentative de l'univers, et l'âme, à son tour, se reflète sur le corps, sur le visage principalement. Que sera-ce donc en Jésus-Christ, où rayonnent l'innocence même et la sagesse incréée ? Tant il est vrai qu'en lui sont enveloppés et symbolisés tous les trésors de la philosophie et des arts et qu'on apprend tout aux pieds de son crucifix : *In quo sunt omnes thesauri sapientiæ et scientiæ absconditi,* encore une fois !

M. Claudius Lavergne, rédacteur du *Monde,* en terminant sa revue du salon de 1863, trouve dans le manque de direction et d'unité, dans l'indépendance absolue de chaque artiste isolé, la cause principale de l'abaissement de l'art, et il cite un passage de M. de Laprade, où cet éloquent écrivain ramène tous les arts à l'architecture... « Partout le « temple, œuvre essentielle de l'architecture, est

« le symbole et comme la forme de l'idée de Dieu. »
Nous croyons aller encore plus au fond en donnant pour symbole et expression suprême de l'idée
de Dieu, non pas seulement le temple, mais Dieu
incarné lui-même : *Verbum caro factum.*

Enfin, ce sont des poésies que nous offrons, de
pauvres et simples poésies. La poésie n'est-elle
pas la fleur de la parole, la fleur de l'art ? Ce que
Monseigneur de Poitiers a dit avec tant d'autorité
et de retentissement aux philosophes, faible
écho, je voudrais le redire tout doucement et
comme avec le chuchotement harmonieux de la
brise, à tout littérateur, à tout poëte, à tout artiste, à tout amateur des beaux-arts, à tout abonné
des publications illustrées, à toute personne heureuse de posséder un album ou un livre, un
appartement peuplé d'images. Aujourd'hui qu'elle
est si multipliée et si répandue, quel bien ne pro-
duirait pas la simple gravure, si elle était plus
souvent vivifiée par l'esprit de foi, digne d'être
accompagnée, au besoin, d'un texte vraiment ins-
tructif et édifiant !

« La poésie sera de la raison chantée, a dit
M. de Lamartine. Voilà sa destinée pour longtemps.
Nous voudrions qu'elle fût de la raison et de la foi
chantées. Nous voudrions que, sous chaque pierre,
sous chaque arbre de cette vallée de larmes, il y

eût une pensée de foi vivante, agissante et chan-
tante, comme dans cette vallée des Saints décrite
par le grand poëte et habitée par des moines im-
primeurs » (*Destinées de la Poésie*).

Un critique, appréciant une œuvre littéraire,
employait dernièrement l'épithète d'*Eucharistique*... Ah ! puisse la poésie mériter cet adjectif
dans le vrai sens et dans toute la force du terme !
Le Dieu de l'Eucharistie n'est-il pas le Dieu de l'Incarnation ? L'Eucharistie est donc à son tour la
plus haute expression de la vérité sur la terre, car
il n'y a point de plus grand symbole que celui où
est réellement et substantiellement caché Dieu.
Jeunes artistes, croyez-le donc bien, là est le pain
de la vie et de l'intelligence : *Panis vitæ et intellectus*.

Salut ! ô sacrés tabernacles...
Salut, mystérieux autel,
Où la foi vient chercher et son pain immortel
Et tes silencieux oracles !

LAMARTINE.

LYRE ET PINCEAU

OU

JÉSUS DIEU DES ARTS.

A SAINT FORTUNAT.

Aimable et saint prélat qui fus longtemps poëte,
Avant de voir marcher Poitiers sous ta houlette,
Qui, maintenant, là-haut, dans l'orchestre divin,
Sens frémir sous tes doigts un luth de séraphin,
Fortunat, de mes vers j'ose t'offrir l'hommage,
Daigne leur accorder ton puissant patronage,
Tout devant mener l'homme à son suprême but,
Je veux montrer dans l'art un moyen de salut;
Or, tes charmants écrits me sont un bel exemple.
Qu'est pour toi la nature? — Immense et riche temple
Illuminé d'un jour pieux et solennel,
Dont l'astre, le foyer est le Verbe éternel,
Voilà ton idéal; tu n'es point de l'école
Qui découronne tout de la moindre auréole,
Qui, d'un pinceau servile esquissant chaque objet,
D'exprimer la pensée ignore le secret,

Ou qui voulant pourtant faire parler l'image,
A l'idéal humain borne tout son langage,
Et loin de reculer notre étroit horizon,
Pour toute perspective admire la raison.
La raison et la foi, dans tes brillants poëmes
Rayonnent de concert des mots et des emblèmes.
Toi, tu ne brises point l'œuvre du Créateur;
Ton verbe est bien l'écho du grand médiateur.
Trois mondes, et, partant, trois cordes à ta lyre;
Trois sphères que parcourt ta muse en son délire,
Allant de l'une à l'autre et faisant voir au mieux
De la terre et du ciel l'accord mystérieux.
Est-il objet, d'abord en ce monde physique,
Que ne sache imiter ton facile distique?
Montagnes et torrents, rivières et coteaux,
Prés émaillés de fleurs, églises et châteaux,
Vignes, jardins, banquets, charmants portraits de femmes
Où la beauté des corps dépend surtout des âmes,
Des diverses saisons phénomènes divers,
Tout, comme en un miroir, vient se peindre en tes vers;
Et tout cela baigné de la clarté sereine
Qu'en l'*agro romano* l'on trouve élyséenne [1].
Ah! tu naquis vraiment sous ce climat heureux
Où les rayons du jour brillent des plus beaux feux!
N'eût-il vu qu'une fois le ciel de l'Italie,
Un artiste, jamais, au reste, ne l'oublie.
Mais au monde de l'âme élevant ton essor,
Fortunat, tu parais plus admirable encor.

---

1. Le mot est du R. P. RIGAUD, *Souvenirs de Rome*, page 89.

Les êtres de tout genre, épars dans la nature
Ne sont, à ton avis, que des traits d'écriture
Qui, lorsque le pinceau les aura copiés,
Seront pour le génie autant de marchepieds.
Ce sont là les couleurs qui chargent ta palette
Et tu sais t'en servir comme peintre et prophète.
Chaque trait sur ta toile est un point d'horizon
Où l'on voit scintiller ton cœur et ta raison.
Quelle fine sagesse en tes écrits respire !
Quelle douce amitié ! Ton vers semble sourire.
Mais l'esprit et le cœur, on l'observe bientôt,
Ne montent point ainsi sans le secours d'en haut.
C'est la grâce qui rend si pure et si profonde
Ton ardeur pour Agnès, surtout pour Radégonde.
La foi chrétienne donne au pauvre cœur humain
La richesse et l'élan du sentiment divin ;
Et le parfait amour n'appartient sur la terre
Qu'à ceux qui de la croix ont sondé le mystère.
Sans peine, à cette étude, ils s'étaient élargis
Les pensers de l'auteur du *Vexilla Regis* !
Oui, par la croix Jésus remporta la victoire,
Sur ce char de triomphe il entra dans sa gloire :
Par la croix, comme lui, nous monterons aux cieux
Et le comble de l'art est d'y porter nos yeux.
Ce but n'échappe point à ton pieux génie;
Terre et ciel dans tes vers sont bien en harmonie.
Au tombeau vainement nous entraîne la mort,
La nef peut se briser quand elle arrive au port.
Telle est ta poétique et celle de ma muse;
Et c'est la seule bonne, ou bien donc je m'abuse.

Je vous la recommande , artistes de nos jours :
Puissiez-vous, à ma voix, ne pas demeurer sourds !
Mais, qui suis-je, grand Dieu ! pour nourrir l'espérance
Qu'à mon appel, jamais vienne la jeune France !
Hélas ! un nom obscur ne dit et ne peut rien !
Que ton nom, Fortunat, agisse pour le mien,
Ton nom, c'est justement succès , bonne fortune [1].
Par lui du sort jaloux je brave la rancune,
Quelle faveur jadis accueillait tes accords !
Pourquoi désespérer pour mes faibles efforts ?

1. *Audaces fortuna juvat.*

A MONSEIGNEUR DE POITIERS.

Prélat auguste et bon, que la gloire couronne,
Dont le nom, comme un astre, à cette heure rayonne
       Aux yeux de l'univers chrétien,
Oserai-je bien, moi, jeune prêtre et poëte,
Implorant ta faveur pour mon œuvre imparfaite,
       Lever mon regard vers le tien ?

Eh ! quel rapport trouver entre le ver infime,
Qui s'imbibe, le soir, d'une lueur intime,
       Et les globes du firmament ?
Les sublimes soleils dardent des feux superbes,
Mais l'humble luciole, en la mousse et les herbes,
       Ne vit que de recueillement.

Il est vrai, de mon nom l'éclat est solitaire.
Je brille enseveli dans mon vieux presbytère.
       Ma sphère à moi, c'est mon tombeau...
Qu'importe à la lumière une voûte étoilée ?...
Dans l'herbe ou dans les cieux, radieuse ou voilée,
       Elle vient du même flambeau.

Et ce flambeau, c'est Dieu, c'est Dieu, l'Esprit immense ;
C'est le Verbe qui donne, à toi, ton éloquence,

A moi, mes accords, ô prélat...
Toi-même, tu l'as dit, en montant dans ta chaire :
« Ma mitre est tout ensemble et la mitre d'Hilaire
    « Et la mitre de Fortunat. »

Donc, au front de Moïse il faut la double flamme ;
Il faut à l'orateur une lyre dans l'âme,
    On le sent bien à tes accents.
La rime est trop étroite à ton vaste génie ;
Mais qui n'admire point ta puissante harmonie,
    Tes tours subtils et ravissants ?

Donc, je puis à tes pieds, sans contre-sens paraître,
Le rapport qui nous lie est du disciple au maître...
    Mais je sais un rapport plus doux :
O pontife, de toi je tiens le sacerdoce.
Je suis un rejeton de ta féconde crosse ;
    Bénis ton enfant à genoux.

LE CHRIST

DEVANT LES PHILOSOPHES ET LES ARTISTES

ou

LE CHRIST

VERBE ET SYMBOLE PAR EXCELLENCE.

1"

*Fide intelligimus aptata esse secula verbo Dei; ut ex invisi-
bilibus visibilia fierent.* AD HEBR. XVI, 3.

*Invisibilia enim ipsius a creatura mundi, per ea quæ facta
sunt, intellecta, conspiciuntur.* AD ROM. I, 20.

LE CHRIST

DEVANT LES PHILOSOPHES ET LES ARTISTES

ou

LE CHRIST

VERBE ET SYMBOLE PAR EXCELLENCE.

O vous qui cherchez des symboles,
Pour exprimer la vérité,
Artistes et penseurs de toutes les écoles,
Dirigez-vous du bon côté!

Quoi ! vous fuyez le Christ ! et vous êtes des sages ?
Sans lui, de la beauté vous voulez des images ?
Vous voulez que sans lui l'esprit revête un corps ?...
— Sans le Verbe fait chair habiller la pensée !
Entreprise insensée !
Ridicules efforts !

Ce Verbe, dites-vous, c'est la raison humaine...
— Ainsi donc, de la foi reniant le domaine,
Vous dissolvez Jésus !... De vous au Créateur
Qu'il n'intervienne point d'autre médiateur
Que la libre pensée ou la philosophie;
Elle seule vous mène au grand but de la vie!
A la simple vertu bornant tous vos desseins,
Vous n'avez nul souci de devenir des saints.

Dieu se révèle à vous d'abord dans la nature,
Puis, dans l'âme, autre monde où luit la raison pure...
Que vous révélerait la révélation ?
Rachat bien superflu que la rédemption !
De l'homme, en ces bas lieux, la naissance est divine.
Ce que Dieu fait est bon, sainte est notre origine...
Si Dieu s'est incarné, c'est au jour solennel,
Où soufflant sur la chair un esprit immortel,
Il fit l'humanité, lui donna la parole...
La parole ! c'est là l'auguste sacrement
Où l'homme est réfléchi dans son double élément,
Où la nature entière, abstraite et condensée
D'un corps harmonieux vient vêtir la pensée,
Des labeurs de l'esprit corps sublime instrument !..

Sages, qui reniez ainsi votre baptême
Au nom de la raison, du génie et de l'art,
Quand je vous vois monter de blasphème en blasphème,
   Je compare votre système
A l'orgueilleuse tour des champs de Sennaar ;
   Contre le monarque suprême
Cette tour, vous savez, devait être un rempart.
    Alors, comme au siècle où nous sommes,
Ceux qui prenaient le ton d'endoctriner les hommes
Disaient à haute voix : Nos lèvres sont à nous ;
L'influence de Dieu, c'est l'éternel déluge ;
   Bâtissons un refuge
Contre sa bienveillance et contre son courroux.

Et les murs, disposés par degrés et par couches,
S'élevaient, s'élevaient avec enchantement ;

Mais voilà, chose neuve ! étrange châtiment !
Que les langues en vain s'agitent dans les bouches !
L'un a dit : De la brique et l'autre entend : Ciment.

O honte ! ô désespoir ! fatale destinée !
Encore quelque temps et la tour couronnée
Narguera le Très-Haut de son sublime front.
    Pleuvent, pleuvent les cataractes :
    Nos murailles non moins intactes,
    Plus nettes se dessineront !
Et voilà qu'en chemin la spirale s'arrête !
Et voilà que la tour n'aura jamais son faîte,
    Comme si la tempête
    Au loin l'eût emporté !
Monument de folie autant que de faiblesse,
    Voyez-la qui se dresse
    Aux yeux de la postérité !..

Inutiles regrets ! Dieu suivait l'entreprise.
Il dit un jour : « Assez, il faut que je la brise,
    « Je vais confondre leurs discours.
    « Nous verrons bien si leur prudence
    « Peut de ma Providence
    « Contrarier le cours. »

Eh bien ! vous qui voulez avec la raison pure
Trouver le dernier mot de toute la nature,
    Vous bâtissez contre le ciel...
L'esprit n'aboutit pas, en deçà du mystère ;
Si donc vous refusez ce concours salutaire,
Votre œuvre, croyez-moi, c'est l'œuvre de Dabel !

1"'

Oui, de l'homme à son Dieu s'ils créaient des abimes,
De l'antique Babel les superbes auteurs,
S'ils tentaient d'élever leurs murailles sublimes
    A d'incomparables hauteurs,
Du travail des esprits ce n'était que l'emblème;
Et de ces jours lointains les libres ergoteurs
Avaient d'abord dressé système sur système.
      Quel temps n'eut pas, d'ailleurs,
      Ses docteurs de blasphème,
      Ses sophistes et ses rhéteurs ?

Avant Babel pourtant, dit la sainte Écriture,
    La doctrine régnait si pure,
    La raison et la foi
D'un si parfait accord suivaient la même loi,
Que le monde habité ne formait qu'un royaume,
Où chacun s'exprimait dans le même idiome.
Mais du ciel outragé la malédiction
Entre les orgueilleux mit la confusion.

    Voyez, voyez, ils se séparent,
    S'enfuyant de tous les côtés,
    Infortunés ! comme ils s'égarent
    Loin du berceau des vérités !
    Quelle nuit sinistre et profonde
    Au bruit du tonnerre qui gronde
    Va s'abattre sur l'univers !
    L'humanité dans ses voyages
    N'a pour flambeaux que les nuages
    Dont les flancs portent des éclairs.

Oh ! dans cette nuit effrayante ,
Faible esprit de l'homme , raison ,
Que ta lumière est vacillante
Et rétréci ton horizon !
Qu'as-tu fait de la foi divine
Qui te montrait ton origine ,
Ton présent , ta dernière fin ?
Maintenant , pour trouver les causes
Qui dirigent le cours des choses ,
Tu te consumes , mais en vain.

O vous , qui de Moïse abjurant la Genèse,
Niez à Dieu le droit de vous donner le ton ,
Du vrai, dans votre esprit, avez-vous la synthèse ?
Êtes-vous plus heureux que Thalès ou Platon ?
Vous voulez la chercher, dites-vous, à votre aise.
Mais la trouverez-vous? Non , non, mille fois non.
Et quand par les moyens que l'étude procure
Vous pourriez dérober le mot de la nature ,
De la pâle raison ranimer le flambeau ,
Discerner sûrement le vrai, le bien , le beau ,
Dites-moi, de tant de lumière
Quel jour rejaillira, pour guider du vulgaire
Les pas vers le tombeau ?..
Que la Grèce, fondant ses fameuses écoles,
Enseigne la sagesse et les humanités ,
Le peuple n'entend rien à ces jeux de paroles,
A ces vaines subtilités.
Il lui faut, à lui, des symboles
De palpables réalités.

Artistes, taillez-lui de vivantes idoles ;
Ce sont là ses divinités...

Dites, dites, toujours que la philosophie
Suffit à nous mener au grand but de la vie ;
Libre à vous ; mais le monde et ses traditions
Ne comptent nullement sur vos abstractions.
Un homme doit venir, le Messie, un vrai sage,
Et la terre l'attend pour le suivre au passage.

Or, cet homme c'est Dieu, c'est le Verbe fait chair...
A peine ce bel astre a rayonné dans l'air :
Aux yeux du genre humain tout se métamorphose.
Un jour de vérité tombe sur toute chose.
L'homme, l'homme surtout, sous ce rayonnement,
Se voit comme vêtu de rajeunissement...
Un jour, en plein midi, sur l'agora d'Athène,
Sa lanterne à la main s'élance Diogène,
Au milieu de la foule et le regard tendu,
Comme pour retrouver quelque trésor perdu.
Quelqu'un le reconnaît et par son nom le nomme :
— Que cherchez-vous ? — Je cherche un homme.
Là venait aboutir, après tant de travaux,
L'orgueilleuse Raison, ce flambeau des flambeaux.
Sans ta lumière, ô Christ, l'homme est à l'homme même
Énigme impénétrable, insoluble problème.
Tout n'est plus que sophisme et contradiction :
Toujours, toujours Babel et la confusion.

      « Tu parais ! ton Verbe vole

      « Comme autrefois la parole

      « Qu'entendit le noir chaos,

« De la nuit tira l'aurore,

« Des cieux sépara les flots

« Et du nombre fit éclore

« L'harmonie et le repos !

« Ta parole créatrice

« Sépare vertus et vice,

« Mensonges et vérités ;

« Le maître apprend la justice,

« L'esclave la liberté ;

« L'indigent le sacrifice,

« Le riche la charité !

« Un Dieu créateur et père,

« En qui l'innocence espère,

« S'abaisse jusqu'aux mortels !

« Sa prière, qu'il appelle,

« S'élève à lui, libre et belle,

« Sans jamais souiller son aile

« Des holocaustes cruels !

« Nos iniquités, nos crimes,

« Nos désirs illégitimes,

« Voilà les seules victimes

« Qu'on immole à ses autels !

« L'immortalité se lève

« Et brille au delà des temps ;

« L'Espérance, divin rêve,

« De l'exil que l'homme achève

« Abrége les courts instants ;

« L'amour céleste soulève

« Nos fardeaux les plus pesants ;

« Le siècle éternel commence,

« Le juste a sa conscience,
« Le remords son innocence ;
« L'humble foi fait la science
« Des sages et des enfants !
« Et l'homme qu'elle console,
« Dans cette seule parole,
« Se repose deux mille ans [1]. »

Oui, le centre du temps, où les âges du monde
      Convergent de chaque côté,
      C'est la nuit où fut enfanté
      Le Fils de la Vierge féconde.
Tous les êtres aussi, par son humanité,
      Rentrent dans la sphère profonde
      De l'immuable éternité.
Autour de ce soleil tout aura gravité.
Puisque du Père enfin le Fils est la parole,
De toute vérité lui seul est le symbole
Et de toute œuvre d'art le type souverain.
C'est par lui, c'est en lui que vit l'esprit humain.
Fermez-vous, fermez-vous, temples de l'imposture ;
Tombez de vos autels, dieux de pierre ou de bois.
Le Verbe créateur rentre dans la nature ;
En lui la vérité parle de vive voix.
      Qu'est-ce un symbole ? C'est un moule
      Où l'esprit fécondé se coule,
Pour prendre vie et forme, et grâce et mouvement ;
Moulée ainsi, l'idée, aux regards de la foule,

1. LAMARTINE, *Hymne au Christ*.

Se fera comprendre aisément.

Quand donc, en sa chair virginale,
Conçu de l'Esprit-Saint, le Verbe fut jeté,
Dites-moi si la vérité
Dut retrouver ou non sa forme originale
Et sa naïveté.

L'Enfant de Bethléem adoré par les Anges,
Par les bergers et par les rois,
Lorsqu'il est encore sans voix,
Enveloppé de pauvres langes,
L'Enfant dont le simple portrait,
Tel que l'art le retrace en ses *Saintes Familles*,
Aimante nos regards, et comme autant d'aiguilles,
Les attire vers Nazareth,
Dites, n'a-t-il donc pas des grâces bien gentilles?
De vous toucher, alors, où trouver le secret?
Ce sage de trente ans à chevelure blonde,
Qui, suivi de pauvres pêcheurs,
Leur di' comment plus tard, sur la mer de ce monde,
Ils auront à pêcher les cœurs;
Qui parle, et les savants n'ont qu'à baisser la tête;
Qui commande, et soudain se calme la tempête,
Et la chair des lépreux prend le teint le plus beau,
Et les morts réveillés s'élancent du tombeau;
Ce juste condamné, cette fleur des victimes
Qui sur l'infâme bois expire pour nos crimes
En penchant sa tête vers nous;
Celui qui de la mort émousse enfin le glaive,
Qui de la tombe aux cieux de lui-même s'élève,

Et qui devant la croix met le monde à genoux,
O mes libres-penseurs, dites, qu'en pensez-vous ?

Le Christ, vous voyez bien, c'est la grâce en personne,
La justice et la vérité.
Mon Verbe, à moi, se pose, ainsi qu'une couronne,
Au front de notre humanité.
En lui tout s'unit et s'ordonne;
Par la foi la raison rayonne
D'une indéfectible clarté !

Vienne, vienne la multitude
Devant le crucifix s'appliquer à l'étude.
Oh ! comme alors tout monte aux célestes hauteurs,
Les esprits et les cœurs,
Et les arts et les mœurs !
L'héroïsme devient une simple habitude.
Que de saints des tyrans vont braver les fureurs
Ou fleurir dans la solitude !
Et sous ces traits divers, c'est le Christ répété !...
Sur la paroi du mur d'une douce demeure,
Au moment d'un départ que son amante pleure,
Le profil d'un amant se trouve reflété :
Que fait cette amante fidèle ?
Elle trace une ligne autour de ce modèle,
Et le dessin est inventé !
Eh bien ! l'Église opère ainsi que cette fille :
Elle esquisse Jésus, qui devant elle brille,
Et le peint pour l'éternité !

Et telle est la loi de la vie,
Et telle est des beaux arts l'unique et grande loi.
Point de philosophie
Ni de vertu de bon aloi
Si l'œil de la Raison n'interroge la Foi
Et si le cœur ne se confie
A cet astre voilé plus pur que l'astre-roi.

Oui, lorsque je contemple, au lever de l'aurore,
A travers le rideau vermeil,
Le géant lumineux secouant son sommeil
Et foudroyant déjà la nuit qui s'évapore,
J'admire la puissance et l'éclat du soleil ;
Mais sous le brillant diadème
Qui couronne son front vainqueur,
Je ne vois cependant qu'un faible et pâle emblème
De l'étoile du Rédempteur.

Jadis, quelle étroite alliance
Entre le dogme et la science,
Entre les deux pouvoirs et les deux libertés !...
Tous ces brillants flambeaux confondaient leurs clartés !
Et Grégoire et Basile et le grand Chrysostôme,
Hilaire, puis Ambroise, Augustin et Jérôme,   [temps]
Quels noms et quelle gloire !... et, jusqu'aux derniers
Que d'autres noms fameux plus ou moins éclatants !
Sages, cette double auréole
Qui brille autour du front de l'Ange de l'école,
De raison et de foi se composent ses feux ,
Pour cela serait-elle un opprobre à vos yeux ?...

2

Non, la foi n'est point une injure
Aux lumières de la Raison.
Par cette étoile la nature
Voit s'élargir son horizon.
Ingrats, ces brillantes lumières
Qui rendent vos âmes si fières
Qui donc sur vous les projeta ?
Est-il un seul rayon de gloire,
Dans les êtres ou dans l'histoire
Qui ne vienne du Golgotha ?

De ses feux le Christ vous inonde,
Vous vivez et voyez par lui.
Dès vos premiers pas dans le monde,
C'est son astre qui vous a lui.
Funeste effet de l'habitude !
O monstrueuse ingratitude !
O du cœur humain triste loi !
Aveuglés par sa clarté même,
Vous reniez avec blasphème
Le divin flambeau de la foi.

Au nom de l'humaine sagesse,
Jadis, l'apostat Julien
Espérait, à force d'adresse
Rétablir le culte païen.
Relevant les temples d'idoles,
Il ranima les vieux symboles,
Observa jusqu'au moindre rit.
Le Christ avait chassé du monde

Des faux dieux la cohue immonde ;
Lui, voulait chasser Jésus-Christ.

Entreprise bien insensée !
L'âme est du corps l'appui vital ;
Il se dissout, quand la pensée
L'abandonne, au moment fatal.
Désirez-vous un autre exemple ?...
Put-il mieux rebâtir le Temple
Sur la montagne de Sion ?
Il faut que le temple s'écroule,
Quand le sacerdoce et la foule
Ont changé de religion.

Ainsi donc, vous tous que mes strophes
Devraient flétrir comme apostats,
Libres-penseurs et philosophes,
Vos vœux seront sans résultats.
Mais vous dites : Le paganisme
Mourut par le christianisme ;
Inventons un culte aussi nous,
Et devant le Dieu du Calvaire,
Bientôt, pas même le vulgaire
N'osera fléchir les genoux.

Bientôt la Croix, le Christ lui-même,
L'Église, le culte chrétien
Ne seront plus qu'un lourd emblème,
Qu'un long rébus égyptien.
Devant des images plus pures
Retirez-vous, sombres figures,

Passez, passez au second plan.
Désormais, objets de risée,
Allez former tout un musée
Dans les greniers du Vatican...

Que répond le génie à ces accents sauvages ?...
« Et tu meurs ? et ta foi dans un lit de nuages
« S'enfonce pour jamais sous l'horizon des âges,
« Comme un de ces soleils que le ciel a perdus,
« Dont l'astronome dit : C'était là qu'il n'est plus !
« Et les fils de nos fils dans les lointaines ères
« Feraient aussi leur fable avec tes saints mystères,
« Et parleraient un jour de l'homme de la croix
« Comme des dieux menteurs disparus à ta voix,
« De ces porteurs de foudre ou du vil caducée,
« Rêves dont au réveil a rougi la pensée ?
« Mais tous ces dieux, ô Christ ! n'avaient rien apporté
« Qu'une ombre plus épaisse à notre obscurité !
« Mais du délire humain lâche et honteux symbole,
« Ils croulèrent d'eux-mêmes au bruit de ta parole ;
« Mais tu venais asseoir sur leur trône abattu
« Le Dieu de vérité, de grâce et de vertu !
« Leurs lois se trahissaient devant les lois chrétiennes !
« Mais où sont les vertus qui démentent les tiennes ?
« Pour éclipser ton jour quel jour nouveau paraît ?
« Toi qui les remplaças qui te remplacerait ?...
« . . . .

            « Repos de notre ignorance,
            « Tes dogmes mystérieux
            « Sont un temple à l'espérance

« Montant de la terre aux cieux !
« Ta morale chaste et sainte
« Embaume sa pure enceinte
« De paix, de grâce et d'amour,
« Et l'air que l'âme y respire
« À le parfum du zéphyre
« Qu'Éden exhalait un jour !

« Dès que l'humaine nature
« Se plie au joug de ta foi,
« Elle s'élève et s'épure
« Et se divinise en toi !
« Toutes ses vaines pensées
« Montent du cœur, élancées
« Aussi haut que son destin ;
« L'homme revient en arrière,
« Fils égaré de lumière
« Qui retrouve son chemin !

« Les troubles du cœur s'apaisent,
« L'âme n'est qu'un long soupir ;
« Tous les vains désirs se taisent
« Dans un immense désir !
« La paix, volupté nouvelle,
« Sens de la vie éternelle,
« En a la sérénité !
« Du chrétien la vie entière
« N'est qu'une longue prière,
« Un hymne en action à l'immortalité.

« Et les vertus les plus rudes

« Du stoïque triomphant

« Sont les simples habitudes

« De la femme et de l'enfant !

« Et la terre transformée

« N'est qu'une route semée

« D'ombrages délicieux ,

« Où l'homme en l'homme a son frère !

« Où l'homme à Dieu dit : Mon Père !

« Où chaque pas mène aux cieux !

« O toi qui fis lever cette seconde aurore ,

« Dont un second chaos vit l'harmonie éclore ,

« Parole qui portais avec la vérité

« Justice et tolérance, amour et liberté !

« Règne à jamais, ô Christ, sur la raison humaine

« Et de l'homme à son Dieu sois la divine chaîne !

« Illumine sans fin de tes feux éclatants

« Les siècles endormis dans le berceau des temps !

« Et que ton nom légué pour unique héritage ,

« De la mère à l'enfant descende d'âge en âge ,

« Tant que l'œil dans la nuit aura soif de clarté ,

« Et le cœur d'espérance et d'immortalité !

« Tant que l'humanité plaintive et désolée

« Arrosera de pleurs sa terrestre vallée ,

« Et tant que les vertus garderont leurs autels

« Ou n'auront pas changé de nom chez les mortels !

« Pour moi , soit que ton nom ressuscite ou succombe ,

« O Dieu de mon berceau , sois le Dieu de ma tombe !

« Plus la nuit est obscure et plus mes faibles yeux

« S'attachent au flambeau qui pâlit dans les cieux !

« Et quand l'autel brisé que la foule abandonne

« S'écroulerait sur moi !... Temple que je chéris,

« Temple où j'ai tout reçu, temple où j'ai tout appris,

« J'embrasserais encore ta dernière colonne,

« Dussé-je être écrasé sous tes sacrés débris [1] »

1. LAMARTINE, *Hymne au Christ.*

Inspice et fac secundum exemplar quod tibi in monte
[*monstratum est.*

Regarde bien et fais d'après le modèle qui t'a été montré sur la
[montagne. EXOD. XXV, 40.

Qui exemplari et umbræ deserviunt cœlestium...
Ce qu'ils font n'est que l'ombre et la copie des types célestes...
AD HEBR. VIII, 5.

*Christus humanam naturam suscepit, ut in se velut tabula
quadam veram nobis pietatem depingeret, eamque omnibus
ante oculos statutam pro viribus imitandam ceu archetypum
proponeret. Nec enim alia de causa corpus nostrum gessit,
nisi ut, quoad fieri possit, ad imitanda vitæ ipsius studia nos
conformemus.* S. BASIL. C. II, IN MONACH.

LA NAISSANCE DE JÉSUS-CHRIST

ou

LA PAUVRETÉ VOLONTAIRE.

Factum est autem cum essent ibi, impleti sunt dies ut pa-
reret et peperit filium suum primogenitum, et pannis eum
involvit, et reclinavit eum in præsepio : quia non erat eis
locus in diversorio.

Or, comme ils étaient à Bethléem, le nombre des jours pour
son accouchement fut accompli, et elle enfanta son Fils premier-
né ; puis elle l'enveloppa de langes et le coucha dans une crèche,
parce qu'il n'y avait pas de place pour eux dans l'hôtellerie.

S. Luc. ii, 6. 7.

LA NAISSANCE DE JÉSUS-CHRIST

ou

LA PAUVRETÉ VOLONTAIRE.

Sur les sables mouvants ou sur la pierre nue
    Jamais n'ont flotté les moissons ;
En aucun lieu, jamais la figue n'est venue
    Sous la blanche fleur des buissons.

Toute vie a sa loi : tout germe, pour éclore,
    Veut être dans son élément.
Toute racine cherche un suc qu'elle élabore
    Comme son unique aliment.

Le monde vit d'orgueil, de biens et de luxure.
    Qu'a donc fait le Verbe incarné ?
Ah ! pour greffer la grâce au tronc de la nature,
    Humble, souffrant, pauvre il est né.

Il est né ! Naître, un Dieu ! L'Éternel prendre vie
    Et du temps observer le cours !
Attendre que d'une heure une heure soit suivie !
    Compter les mois, compter les jours !

Il est né, l'Infini dépendant de l'espace !
    Le Tout-Puissant emmaillotté !

Le Créateur chez nous se choisir une race,
    Une mère, une parenté !

Il est né ! Tout est dit d'une seule parole :
    Alors il était convenu
Que le divin Soleil serait sans auréole,
    Que Jésus naîtrait humble et nu.

Que viendrait-il chercher parmi les fils des hommes ?
    L'Être infini, le Roi des cieux ?
S'il vient, il n'a qu'un but : être ce que nous sommes ;
    De misère il est envieux !

A vous, mortels, à vous de briguer la richesse,
    Les plaisirs et les vains honneurs,
N'ayant de votre fonds qu'indigence et faiblesse
    Et que ténèbres et douleurs.

Ce fonds, c'est le trésor que Jésus vous envie :
    Il prend ce fardeau librement.
Tout s'ensuivra : la mort, à lui, voilà sa vie.
    Sa gloire, c'est l'abaissement.

Tel un gland, secoué des rameaux d'un vieux chêne,
    Va germer au fond d'un ravin,
Tel, venant s'implanter dans la nature humaine,
    Veut croître le Verbe divin.

Je ne suis plus surpris, en lisant le symbole,
    De voir, après le mot *natus*,
Si promptement venir cette triple parole :
    Passus, mortuus, sepultus.

Jusqu'au moindre rameau l'arbre tient de son germe,
De la loi tient un iota ;
Par un trait d'union tout début touche au terme ;
La Crèche touche au Golgotha.

Oh ! oui, l'Enfant couché dans cette crèche nue,
Il descend de haut s'enfouir !
C'est bien le gland qui, loin d'aller fendre la nue,
Dans l'ombre aime à s'épanouir !

Contemplez ce berceau : l'opulence y vient-elle
Étaler ses divers trésors ?
Y voyez-vous flotter la pourpre et la dentelle,
Resplendir les plus beaux décors ?

Ce luxe jurerait aux lambris d'une étable,
Palais d'animaux habité.
Le berceau du Sauveur est mieux sans confortable ;
Seule y brille la pauvreté.

Non, je ne voudrais pas d'un Dieu né dans un Louvre,
Au milieu de fiers courtisans.
Je le préfère ainsi, quand ma foi le découvre
Entouré d'humbles paysans.

Oh ! que je suis touché de voir la Vierge enceinte,
Au moment de donner son fruit,
De l'ingrate cité courir toute l'enceinte,
Sans trouver le moindre réduit !

« Le Verbe créateur vient visiter le monde,
« Et les siens ne l'ont point connu ;
« Il brille dans la nuit, mais la nuit est profonde.
« Les ténèbres ne l'ont point vu ! »

De la Foi, plus heureux, dans l'esprit j'ai l'étoile,
  Et par ses brillantes clartés
A loisir, ô mon Dieu, je pénètre le voile
  De toutes vos obscurités.

Aussi, lorsque je vois que Joseph et Marie
  Cherchent un logis vainement;
Qu'il ne reste pour eux pour toute hôtellerie
  Qu'une étable en délabrement;

Et que dans cette étable il n'est rien qu'une crèche
  Pour le berceau de l'Enfant-Dieu,
Et pour tout oreiller rien qu'un peu d'herbe sèche,
  Seul édredon digne du lieu;

Que Jésus n'a d'abord, pour chanter ses louanges,
  Que deux stupides animaux,
Et qu'à son premier-né la Vierge, pour tous langes,
  Ne peut donner que des lambeaux :

J'élève alors mon vol par delà ces nuages,
  De Dieu j'adore la bonté.
Et j'admire comment lui, le sage des sages,
  Il enseigne la pauvreté!

Ah ! ce petit Jésus est votre grand modèle,
  Saints d'autrefois et d'aujourd'hui.
Vous craignez la fortune et vous fuyez loin d'elle
  Pour approcher plus près de lui!

———

Beati pauperes spiritu.
Bienheureux les pauvres volontaires.

ADORATION DES BERGERS

ou

BONHEUR ET PIÉTÉ DES HABITANTS DE LA CAMPAGNE.

Et pastores erant in regione eadem vigilantes et custodientes vigilias noctis super gregem suum. Et ecce angelus Domini stetit juxta illos et claritas Dei circumfulsit illos. . . . . .

. . . .

. . *Et reversi sunt pastores glorificantes et laudantes Deum in omnibus quæ audierant et viderant sicut dictum est ad illos.* S. Luc. II.

Et il y avait dans cette même contrée des bergers qui veillaient la nuit à la garde de leurs troupeaux. Et voici que l'Ange du Seigneur leur apparut et qu'une lumière divine brilla autour d'eux, ce qui leur causa une grande frayeur. Mais l'Ange leur dit : Ne craignez pas, car je vous annonce une grande joie qui sera pour tout le peuple : c'est qu'il vous est né aujourd'hui dans la ville de David un Sauveur qui est le Christ, le Seigneur; et voici à quel signe vous le reconnaîtrez : vous trouverez un enfant enveloppé de langes et couché dans une crèche. Et tout à coup une troupe nombreuse de l'armée céleste se joignit à l'Ange, louant Dieu et disant : Gloire à Dieu, au plus haut des Cieux, et paix sur la terre aux hommes de bonne volonté. Et voilà que les Anges s'étant séparés d'eux pour remonter au Ciel, les bergers se disaient l'un à l'autre : Passons jusqu'à Bethléem et voyons ce qui est arrivé, ce que le Seigneur nous a fait connaître. Ils se hâtèrent donc d'y aller et ils trouvèrent Marie et Joseph et l'Enfant couché dans une crèche. En le voyant, ils reconnurent la vérité de ce qui leur avait été dit touchant cet Enfant, et tous ceux qui en entendirent parler admirèrent ce qui leur avait été rapporté par les bergers. Cependant Marie conservait toutes ces choses en elle-même et les repassait dans son cœur, et les bergers s'en retournèrent glorifiant et louant Dieu de tout ce qu'ils avaient entendu et vu, selon qu'il leur avait été dit.

S. Luc. II.

ADORATION DES BERGERS

OU

BONHEUR ET PIÉTÉ DES HABITANTS DE LA CAMPAGNE.

Qui pourrait nier l'influence
Des lieux, des temps et des climats?
Par elle l'homme se nuance
En passant par divers états.
Tel un blanc rayon de lumière
Luit de mainte et mainte manière
Sur chaque pétale des fleurs,
Ou dans les vitraux d'une église
En mosaïque se divise,
Un en soi, multiple en couleurs.

Il est des séjours de délices
Où plus pure est la volupté,
Des lieux plus que d'autres propices
Aux douceurs de la piété.
Selon que l'on vit aux montagnes,
Aux mers, aux villes, aux campagnes,
L'âme vibre d'autre façon ;
Sous l'équateur ou près des pôles,
Aux temps de la France ou des Gaules,
Ce n'est pas le même unisson.

Heureux donc, heureux l'homme aux simples habitudes
Dont la profession, apprise sans études,
Est d'enfoncer le soc dans un fécond terrain,
Pour y faire germer la moisson du bon grain ;
De mener aux enclos, aux vallons, aux prairies
Les troupeaux bondissants de ses bêtes chéries,
Ses chèvres, ses moutons, ses bœufs et ses chevaux ;
D'exercer, tour à tour, les rustiques travaux !
Auprès de ces labeurs que sont les arts futiles,
Les emplois, les métiers des habitants des villes ?
Garder le magasin du matin jusqu'au soir,
N'avoir pour horizon que le tour d'un comptoir,
Rajuster des cadrans derrière une vitrine,
User pour des plaideurs sa voix et sa poitrine,
Pâlir sur des bouquins ou près d'un coffre-fort ;
Veiller, comme autrefois le chien du sombre bord,
Valent-ils, ces destins, ceux de l'agriculture ?
Non, non, point d'autre emploi plus près de la nature.
Tourner et retourner un champ pour l'ameublir ;
Y jeter des engrais propres à l'enrichir ;
Puis y répandre, au vol, la semence voulue,
Que couvrent sans retard la herse et la charrue ;
Revenir, en juillet, avec les moissonneurs
Faucher les blonds épis, dorés par les chaleurs ;
Rouler sur de gros chars les odorantes gerbes ;
Séparer le bon grain de la paille et des herbes,
Au bruit retentissant des fléaux cadencés,
Qui, sur l'aire, d'accord, tombent à coups pressés ;
Ou, puisque s'emparant de la chimère antique
Notre siècle en a fait le battoir mécanique ;

Laisser de ce battoir la monstrueuse dent,
Engloutir les épis qu'elle broie en grondant,
Voilà l'agriculture : est-il genre de vie
Plus près du vrai bonheur et plus digne d'envie?...
Combien d'autres détails et de charmes nouveaux !
Les rameaux à couper, à lier en faisceaux ;
Et le verger qui veut qu'on lui taille sa haie ;
Et l'échalier voisin qui demande une claie ;
L'eau croupit quelque part, il faut lui donner cours,
Au blé qui va périr il faut porter secours,
Vite on ouvre un fossé, vite on fait une ornière,
Et l'onde, en murmurant, s'enfuit à la rivière ;
Le chemin se défonce et n'est plus qu'un bourbier ;
Les épines, les rocs hérissent le sentier,
« A l'œuvre, à l'œuvre, enfants; ferrons la grande route;
« Car Monsieur notre maître, avec peine sans doute,
« Verrait pour sa voiture un si mauvais chemin...
« Rendons notre sentier uni comme la main ;
« Si souvent il nous sert pour aller dans la plaine !...
« Rabotons-le du moins jusques à la fontaine. »
Puis, quand neige et frimas règnent sous l'horizon,
Que fermiers et valets restent à la maison,
Croyez-vous que l'ennui s'empare de leur âme
Et qu'ils perdent le temps à caresser la flamme ?
Pour eux, point de plaisir, de repos sans labeur ;
C'est au sein du travail qu'ils puisent le bonheur.
Alors, c'est le moment de passer en revue
Les instruments divers et surtout la charrue.
Enfin, oubliez-vous ces modestes banquets
Qu'ils se donnent entre eux, largement et sans frais,

Chacun une fois l'an, de famille à famille ?
Quelle franche gaîté sur tous les fronts y brille !
Oh ! qu'il est doux alors au rude travailleur
De savourer les fruits éclos de sa sueur,
Ce pain fait du froment de la moisson dernière,
Ce vin du meilleur crû que gardait la fermière !
Mais voici le printemps, tout bourgeonne et fleurit ;
Déjà l'herbe des prés se balance et mûrit ;
Faucheurs, il faut la tondre. Ainsi qu'un cercle immense,
L'agriculture tourne et toujours recommence ;
Mais avec le travail i viennent les plaisirs.
Quel bonheur n'est-ce point de voir, sous les zéphyrs,
Onduler par moissons les fleurs les plus vermeilles,
Tandis que la cité n'a de fleurs qu'en corbeilles,
Fleurs qui, le plus souvent, sont écloses de l'art
Sans qu'à leur floraison la nature ait pris part ;
D'avoir, en travaillant, quelque ouvrage qu'on fasse,
A souhait, le grand air, la lumière et l'espace,
Tandis que l'industrie aux pauvres ouvriers
Ne fournit qu'un air pauvre en de noirs ateliers ;
De sentir du soleil la chaleur douce et vive
Rendre le corps plus souple et l'âme plus active,
De voir se colorer des reflets les plus beaux
Les fronts purs et sereins des filles des hameaux,
Tandis que trop souvent la jeunesse des villes
Reste à s'étioler sous l'ardoise et les tuiles !
Oh ! le meilleur séjour est bien celui des champs !
Où rencontrer, aussi, spectacles plus touchants,
Plus beaux pour les décors, l'harmonie et les scènes ?..
Paysages charmants, gracieux phénomènes,

Perspectives sans fin , magiques horizons ,
Prés , vallons et côteaux , rivières et maisons ;
    Humbles taillis , forêts sublimes
De chênes vigoureux et de sveltes ormeaux ,
      Dont le vent balance les cimes
      En fredonnant dans les rameaux ;
      Arbres amis du bord des eaux ,
      Peupliers , saules et bouleaux ;
Sources coulant sur une douce pente ,
      Ruisseaux dont la course serpente
      Dans les prés émaillés de fleurs ;
Verts buissons où l'oiseau cache son nid et chante ;
Rochers de toute forme et de toutes couleurs ;
      Phénomènes sans nombre
      Et de lumière et d'ombre ,
De mouvement, de vie et de modes nouveaux ;
      Que de germes et de berceaux !
      Quelles innombrables familles
      Et de plantes et d'animaux !
      Oisillons nés de leurs coquilles ,
      Papillons nés de leurs chenilles ,
De leurs loges de miel les abeilles gentilles
      Si célèbres par leurs travaux !
Ordre , unité , beauté , ravissante harmonie !
Faut-il donc s'étonner si jadis le génie
Fit ce vers immortel dans un divin transport :
« Heureux les paysans s'ils comprenaient leur sort ! »
Tu ne le compris pas toi-même, ô doux Virgile,
Avant d'avoir connu Rome la grande ville.
Hélas ! voilà bien l'homme, il cherche en divers lieux

Le bonheur qu'il perdit lorsqu'il tomba des cieux.
Créé pour le bonheur sans ombre et sans limite,
Loin d'apaiser ma faim, sans cesse je l'irrite ;
Et de quelque côté que je porte mes pas,
Justement mon bien-être est où je ne suis pas.
Mais, enfin, dissipant l'erreur dont le prestige
Fut trop longtemps pour moi comme un fatal vertige,
Ma raison se rallume, et ce divin flambeau
Me ramène tout droit aux lieux de mon berceau.
Tel Virgile voit Rome et préfère Mantoue
Et les travaux des champs qu'en si beaux vers il loue.
De même, il n'est pas rare à l'époque où j'écris
De voir le laboureur se tourner vers Paris.
« Mais, arrête, insensé, lui dit-on ; considère
« Que Paris c'est le luxe et l'extrême misère!
« Combien d'autres, déjà, risquant leur avenir,
« Y sont allés chercher dégoût et repentir !
« Va, Paris, ce n'est point le pays de cocagne.
« Si tu veux être heureux, demeure à la campagne.
« Mieux vaut, sache-le bien, travailler aux moissons
« Que d'être dans la rue à vendre des chansons...
« O l'ingrat, le boudeur qui, pour un vain caprice,
« Abandonne le sein de sa tendre nourrice ! »
Or, voici, grâce à Dieu, qu'à de pareils discours
Les paysans français ne sont plus aussi sourds.
De par Napoléon fleurit l'agriculture.
On revient s'abreuver au sein de la nature.
C'est la loi primitive, et le Dieu créateur
Surtout à la culture attacha le bonheur.   [sommes,]
Depuis les temps anciens jusqu'aux temps où nous

C'est elle qui donna le plus de paix aux hommes,
La fable et l'Écriture ici n'ont qu'une voix ;
L'Eden et l'âge d'or sont deux mots mis au choix,
Que faisaient dans l'Eden Adam et sa compagne ?
— Ils vaquaient, dit la Bible, aux soins de la campagne ;
— Noé ?... — Noé sorti de l'Arche avec les annimaux
Reprit avec ardeur les rustiques travaux.
— Et le peuple de Dieu, qui figurait l'Église,
Que fit-il, à son tour, dans la terre promise ?
— Il cultiva ses champs, ses vignes, ses figuiers,
Il mit dans ses pressoirs le fruit des oliviers ;
Il préféra la paix à la gloire des armes.
— Et ceux que le Sauveur naissant et plein de charmes
Voulut voir près de lui les premiers d'entre nous,
Qui, la nuit de Noël, contemplaient, à genoux,
Le Verbe revêtu de la nature humaine,
Qu'étaient-ils ? — Des bergers accourus de la plaine.
Ah ! c'est qu'en inspirant joie et félicité,
L'air des champs souffle encor la douce piété.
Voyez le premier homme au jardin des délices ;
De ses fruits au Seigneur il offrait les prémices.
Abel cueillait pour Dieu la fleur de son troupeau ;
Abraham sur son fils abaissait le couteau ;
Et que j'aime Isaac sortant, à l'aventure,
Le soir, pour méditer, voir Dieu dans la nature !
Oui, ce bel univers est un vaste miroir
Où Dieu se montre à nous quand nous voulons le voir ;
C'est un livre où sans cesse apparaît son image ;
Feuilletez, feuilletez, elle est à chaque page.
Or, ce livre aux feuillets si divins, si touchants,

Il est toujours ouvert devant l'homme des champs.
Les mille et mille voix de la nature entière
S'unissent pour parler d'amour et de prière;
Or, l'humble villageois peut, tout le long des jours,
Ouïr, en travaillant, ce sublime discours.
Comme, au pas d'un ami, l'on reconnaît d'avance,
Son nom et son visage et sa douce présence,
Comme, en penchant l'oreille au niveau du chemin
L'on distingue aisément le roulement lointain,
Tout laboureur ou pâtre à l'âme neuve et pure
Entend le Créateur sous chaque créature.
Qu'est-ce donc quand la foi sur l'étroite raison
Fait rayonner le jour d'un plus vaste horizon,
Et qu'à tous les échos de ce monde physique
S'unissent les concerts de l'orchestre angélique?..
Aux champs de Bethléem, à garder leurs troupeaux,
Des bergers, se livrant tour à tour au repos
Et veillant, tour à tour, passaient la nuit entière;
Soudain, dans un torrent de divine lumière,
Un ange du Seigneur apparaît devant eux!
Alors, tout inondés de clartés et de feux,
Un instant, la frayeur s'empare de leur âme;
Qui ne tremblerait point au milieu de la flamme?
Mais lorsque l'Ange eut dit : Bergers, n'ayez pas peur:
A Bethléem est né le Christ, votre Sauveur;
Il est dans une étable, enveloppé de langes;
Et lorsqu'eut disparut la multitude d'anges
Qui chantaient de concert : Gloire à Dieu dans les cieux!
Paix aux hommes de bien, sur la terre, en tous lieux!
Furent-ils, ces bergers, sourds à ces voix divines?
Quel cri part aussitôt de toutes leurs poitrines?

— Passons à Bethléem : de nos yeux allons voir
L'heureux événement que Dieu nous fait savoir.
Des esprits ingénus douce prérogative !
La vérité, pour eux, est toujours positive.
Et toujours le superbe a peur d'avoir rêvé ;
Le doute est un supplice à l'orgueil réservé.
A quelque citadin, au savant, je suppose,
Qu'un messager du ciel dise la même chose :
« Levez-vous et partez pour le hameau voisin :
« Le Rédempteur promis y vient de naître enfin.
« Pour le bien discerner il vous faut une marque :
« La voici : le palais de ce nouveau monarque
« C'est une étable à bœufs ; la crèche est son berceau
« Sa couche un peu de paille et son lange un lambeau » :
Que d'hésitation, malgré toute évidence,
Dans cet homme entiché d'une vaine science !
Nos bergers, eux, de suite, ils partent, voyez-les ;
Leur foi naïve et pure ignore ces délais !
Ils partent, les voilà dans la rustique enceinte.
Ils ont trouvé Joseph, trouvé la Vierge sainte,
Trouvé l'Enfant Jésus dans la crèche couché !...
Après que chacun d'eux vers lui se fut penché,
Lui disant de doux mots, lui faisant doux visage,
Lui donnant, de tout cœur, quelque présent d'usage ;
Se courbant, à genoux, sous sa petite main,
Pour reconnaître en lui le Dieu du genre humain,
Ils redirent au long dans un récit fidèle
Comment ils avaient su cette grande nouvelle.
La foule écoutait tout avec ravissement,
Et l'humble Vierge-Mère, en son recueillement,

4

Ne laissait rien tomber de la touchante histoire,
Ouvrant en même temps son cœur et sa mémoire.
Ils revinrent enfin vers leurs troupeaux chéris,
Bénissant le Seigneur, portant dans leurs esprits
Tout ce tableau divin dont jamais la peinture
Ne pourra retracer la parfaite figure,
Qui du poëte aussi rendrait vite impuissants
Les rêves, les transports, les couleurs, les accents.
Bergers de Bethléem, que n'ai-je, sur vos traces,
Au berceau du Sauveur eu la moindre des places?...
Mais pourquoi formuler un inutile vœu?
Quel style ou quel pinceau peut peindre l'Enfant-Dieu?
L'essayer seulement c'est presque un sacrilége,
Si l'on ne tient un peu du Dante et du Corrége.
O Muse, et c'est assez pour tes faibles talents,
Vois plutôt vers l'église arriver à pas lents
Les pieux villageois de l'époque où nous sommes.
N'est-il pas admirable aussi de voir ces hommes,
Livrés, chaque semaine, aux plus rudes travaux,
Venir, à la faveur du saint jour du repos,
Adorer en esprit dans le vide du temple
Un Dieu que la foi seule en silence contemple?
Ah! si c'est un mérite aux pâtres d'Orient
D'avoir voulu d'un Dieu né comme un mendiant,
N'en est-ce donc pas un pour le peuple rustique
De l'adorer couvert du lange eucharistique?
De l'heure solennelle annonçant le retour,
La cloche se balance, au sommet de la tour.
Alors, sur les sentiers qui mènent à l'église,
Quel spectacle touchant et d'une grâce exquise!

A la voix de l'airain, des bataillons pieux
De femmes et d'enfants, d'hommes jeunes ou vieux ,
Défilant, au hasard , par groupes ou par lignes ,
Traversant prés, vallons, bois, coteaux, champs et vignes.
Enfin, l'airain se tait ; son dernier tintement
Du divin sacrifice indique le moment.
Quel silence aussitôt dans la foule fidèle !
On sent l'esprit de Dieu qui vient planer sur elle.
Cependant, revêtu des ornements sacrés ,
Le prêtre de l'autel a monté les degrés.
Avec celles du chœur sa voix sonore et tendre
Alterne et, d'autres fois , seule se fait entendre.
Saluant son troupeau de l'accent le plus doux ,
Il chante : Le Seigneur, frères, soit avec vous.
Et c'est en vérité qu'il ne voit que des frères
Dans ces bons paysans venus de leurs chaumières
Pour offrir par ses mains à Dieu le Créateur
La victime d'amour, Jésus, le Dieu Sauveur.
Aussi, comme la voix du prêtre catholique
Réveille dans ce peuple un écho sympathique !
Pour convaincre et toucher les enfants des hameaux ,
C'est assez qu'il s'énonce en quelques simples mots ;
L'humble prédicateur apparaît à ces âmes
Comme aux bergers anciens l'ange vêtu de flammes
Qui leur dit : Confiance, un Sauveur vous est né ;
C'est le Fils du vrai Dieu , c'est le Verbe incarné ;
Ses langes, son berceau, vous le feront connaître ;
Sur parole au village on croit toujours le prêtre.
Qu'il dise : Sous le voile et du pain et du vin
Se cache aux yeux du corps le Rédempteur divin ,

Mais il est là sans faute, et de ces deux substances
Il ne reste plus rien que vaines apparences :
Dès lors, sans demander ni comment ni pourquoi,
Le bon peuple au grand dogme ajoute pleine foi.
Pour lui, doux à porter est le joug du mystère,
Et comme il s'associe au divin ministère,
Aux prières, aux chants, aux signes du pasteur ,
Comme il s'unit d'esprit et de bouche et de cœur !
Sur leurs lèvres voyez frémir les saints murmures.
Voyez ces chapelets qu'égrènent leurs mains pures.
Mais voici le moment auguste et solennel
Où la grande victime est enfin sur l'autel.
Soudain, non point frappés par le feu de la foudre,
Mais bien par le respect inclinés dans la poudre ,
Tous les fronts ont touché le pavé du saint lieu ;
C'est que Dieu passe en l'homme et l'homme passe en
O le sublime échange ! ô commerce ineffable !   [Dieu !]
O céleste union ! Vraiment la sainte table
Nous incorpore à Dieu, met ici-bas le ciel !
Jésus est bien nommé du nom d'Emmanuel !
Aussi, comme au sortir de la pieuse enceinte
De la félicité les fronts portent l'empreinte !
Vous avez vu, parfois, ces visages touchants :
Où donc est le bonheur ? — Avec Dieu dans les champs.

Et reversi sunt pastores glorificantes et laudantes Deum.
Et les bergers s'en retournèrent glorifiant et louant Dieu.

L'ADORATION DES MAGES

ou

JÉSUS EST LE ROI DES ROIS.

Cum ergo natus esset Jesus in Bethleem Juda in diebus Herodis regis, ecce Magi ab Oriente venerunt Jerosolymam, dicentes : Ubi est qui natus est Rex Judæorum? . . . .
. . . .
Et responso accepto in somnis ne redirent ad Herodem, per aliam viam reversi sunt in regionem suam. MATTH. II.

Jésus étant donc né à Bethléem de Juda, aux jours du roi Hérode, voici que des Mages vinrent d'Orient à Jérusalem, disant : Où est-il Celui qui vient de naître Roi des Juifs? Car nous avons vu son étoile en Orient, et nous sommes venus l'adorer. Ce qu'entendant le roi Hérode, il en fut troublé et toute la ville de Jérusalem avec lui ; et assemblant tous les princes des prêtres et les Scribes du peuple, il leur demanda où devait naître le Christ. Ils lui dirent : A Bethléem de Juda, car il a été ainsi écrit par le prophète : Et toi, Bethléem, terre de Juda, tu n'es pas la moindre entre les princes de Juda, car de toi sortira le chef qui gouvernera mon peuple d'Israël. Alors Hérode ayant fait venir secrètement les Mages, il s'enquit d'eux avec soin du temps auquel l'étoile leur était apparue, et les envoyant à Bethléem, il leur dit : Allez, informez-vous exactement de l'enfant, et quand vous l'aurez trouvé, faites-le-moi savoir, afin que j'aille aussi l'adorer moi-même. Eux, ayant entendu le roi, s'en allèrent ; et voici que l'étoile qu'ils avaient vue en Orient allait devant eux jusqu'à ce qu'elle vînt et s'arrêta au-dessus du lieu où était l'enfant. Or, quand ils virent l'étoile, ils se réjouirent d'une joie très-grande. Et, entrant dans la maison, ils trouvèrent l'Enfant avec Marie sa mère, et, se prosternant, ils l'adorèrent. Puis, ayant ouvert leurs trésors, ils lui offrirent des présents : de l'or, de l'encens et de la myrrhe. Et ayant été divinement avertis en songe de ne point retourner vers Hérode, ils retournèrent en leur pays par un autre chemin.

S. MATTH. II.

ADORATION DES MAGES

ou

JÉSUS EST LE ROI DES ROIS.

Ici-bas, l'on est roi d'une triple manière :
Le pouvoir, l'or, l'esprit ont chacun leur bannière.
Le mieux est de régner par les trois à la fois ;
Mais malheur à celui qui voudrait en lui-même
Trouver le mot de tout, l'autorité suprême,
  Car Jésus est le Roi des rois !

Le fleuve dont au loin se prolonge la course
Coulerait-il longtemps, séparé de sa source?
Non, la course n'est rien sans le point de départ ;
Et sans le fondement que deviendrait le faîte ?...
Et les membres du corps que sont-ils sans la tête ?...
  Le tout est plus grand que la part.

Tout pouvoir vient de Dieu (de Paul grande maxime !)
Et c'est l'ordre divin qui le rend légitime.
Voyez-vous dans les airs ces globes radieux ?
De leurs divers reflets naissent le jour et l'ombre ;
Qui dirige et maintient avec mesure et nombre
  Leurs mouvements harmonieux ?

Voyez-vous sur le sol, voyez-vous dans les ondes
Les mondes pulluler (les êtres sont des mondes) ?

Quel est le général qui les meut de sa voix,
Qui les groupe, les met par rangs et par étages,
Qui précise leur nombre et limite leurs âges,
  Qui récompense leurs exploits?

C'est Dieu qui règle tout, des anges aux atomes,
Tous les sceptres dans un; dans un tous les royaumes;
Car dans tous les pouvoirs une est la volonté.
Hommes, sachez-le bien, la volonté divine
Est et sera toujours la source et l'origine
  De toute votre autorité.

Oh! comme dans les cieux et le monde physique
Tout puise le bonheur à cette source unique!
Mais, parmi les humains, au contraire, pourquoi,
Pourquoi cette invincible et funeste tendance
A toujours invoquer l'esprit d'indépendance
  Contre l'universelle loi?

D'où vient que si souvent ceux qui mènent les autres
Se tournent contre Dieu dont ils sont les apôtres?...
La coupe du pouvoir les enivre d'orgueil...
Ces navires, chargés des terrestres hommages,
Et qu'ils doivent pour Dieu sauver de tous naufrages,
  Ils les brisent contre l'écueil!

Ah! c'est que, du côté qu'ils dirigent leurs voiles,
Des nuages épais dérobent les étoiles,
Et chaque vent qui souffle est une passion!
Ah! c'est qu'ils n'ont point vu la divine lumière
Qui des rois d'Orient éclairait la paupière
  Lorsqu'ils cheminaient vers Sion!

Jadis, le peuple hébreu, vers la terre promise,
Où fut bâti le Temple en attendant l'Église,
Marchait à la clarté d'une trombe de feu;
De même, quand le Verbe, ici-bas, vient d'éclore,
Aux mages voyageurs un brillant météore
      Annonce aussitôt l'Enfant-Dieu.

Et quand l'heure eut sonné pour le reste du monde
D'entendre de Jésus la doctrine féconde,
Quel signal indiqua ce moment solennel?
L'Esprit-Saint descendit sous la forme de flammes
Qui prouvaient, au dehors, que dès lors dans les âmes
      Allait brûler le feu du ciel.

Si ce n'étaient pas là des merveilles frivoles,
Quel sens doit rayonner de ces brûlants symboles?
—Ils disent : Pour voir Dieu sous votre humble horizon,
Et pour lui rapporter saintement vos hommages,
Pauvres mortels, il faut que l'étoile des mages
      Se lève sur votre raison.

Étoile de la foi, clarté surnaturelle,
Reflet, sur l'univers, de la gloire éternelle
Et du céleste port phare mystérieux,
Le jour qui vient de toi sur les intelligences
Est plus beau que celui dont les milles nuances
      Brillent sur les corps, pour les yeux.

Débrouillant le chaos, Dieu dit : Soit la lumière:
Et tout à coup les monts, les eaux, la terre entière
Du fluide éclatant se virent revêtus;

Tous les corps avaient pris beauté, couleur et forme ;
Le globe avait cessé d'être un amas énorme
      D'éléments sombres et confus.

Ainsi, lorsque la foi chasse l'erreur immonde,
L'ordre moral reluit sur l'homme et sur le monde :
Chaque chose apparaît sous son jour, en son lieu ;
Tout se montre en rapport avec sa fin suprême,
Car l'ordre, la vertu, la paix, c'est cela même,
      Et la fin suprême c'est Dieu.

      Eh bien donc ! puisque l'étoile,
      Qui vous invite au départ,
      Pour votre esprit est sans voile
      Comme pour votre regard ;
      Puisque vous voyez en elle
      L'accomplissement fidèle
      D'un oracle tout divin,
      Partez, savants astronomes ;
      Rois, quittez vos trois royaumes,
      Mettez-vous vite en chemin.

      Ils partent, départ sublime !
      Ils traversent les déserts,
      Et l'étoile vers Solyme
      Chemine aussi dans les airs !
      Déjà de la cité sainte
      Devant eux s'ouvre l'enceinte.
      Ils entrent, mais quel émoi !
      Est-ce la guerre civile

Qui pénètre dans la ville ?
Tout se trouble, peuple et roi !

Nous cherchons, disaient les mages ,
O Juifs, votre Roi nouveau ;
Conduits par d'heureux présages ,
Nous venons à son berceau.
Sur les peuples de l'aurore
Son étoile vient d'éclore ;
En route, elle nous a lui.
O Juifs, faites-nous connaître
Où votre Roi vient de naître,
Nous tomberons devant lui.

Et le sombre Tétrarque, en son inquiétude,
Appliquait aussitôt à cette grave étude
Princes du Sacerdoce et docteurs de la loi :
« Où doit naître le Christ, consultez l'Écriture,
« Et si vous rencontrez, durant votre lecture,
        « Un texte clair, montrez-le-moi.

« Prince, vous le voyez, la parole est formelle :
« Le chef qui règnera sur mon peuple fidèle,
« O Bethléem , un jour sortira de ton sein.
« Des cités de Juda la plus petite ville
« C'est toi ; mais, quand de plus tu serais la plus vile,
        « Bethléem, ce serait en vain.

Synagogue à courte vue,
Vain interprète de Dieu ,
Du Christ sait-on la venue

Quand on n'en sait que le lieu ?
Mais le temps, les autres marques
Qui de ce Roi des monarques
Désignent l'avènement ?...
Les ignorant la première,
Toi qui portes la lumière,
Tu vis dans l'aveuglement !

Oh ! que ton sort est à plaindre !
Tu vas descendre au tombeau !
Tu le laisserais s'éteindre,
Un autre aura ton flambeau.
Josué suivit Moïse ;
Après toi viendra l'Église,
Rome supplante Sion !
Et dès lors la terre entière
Voit l'étoile salutaire
De la Révélation !

Cependant, que devient le Tétrarque perfide ?
Fureur ou désespoir, quel sentiment le guide ?
Aux mages, en secret, il fait des questions :
« Quand donc vous apparut le brillant météore,
« Qui le long du chemin vous dirigeait encore
        « A la clarté de ses rayons ?...

« Mais le mieux, après tout, dit-il, c'est de vous rendre
« De suite à Bethléem où vous pourrez apprendre
« Quel est l'enfant royal dont il s'agit ici.
« Vous m'en rapporterez une exacte nouvelle

« Et, plein d'empressement à lui prouver mon zèle,
  « Je courrai l'adorer aussi. »

L'adorer, hypocrite ! Oh ! tu n'y penses guère !
Toi, prosterner ton front dans la foi d'un mystère !
Toi, reconnaître un Dieu dans un enfant d'un jour !
Toi, pour aller à lui descendre de ton trône !
Toi, pour le saluer déposer ta couronne !
         Toi, le servir avec amour !

Non, non, tu n'es que trop de la race maudite
De ces rois orgueilleux qui placent leur mérite
A voir à deux genoux ramper des courtisans ;
Qui dérobent à Dieu l'encens de la nature ;
Se font l'unique fin de toute créature,
         Et que l'on appelle tyrans.

O Mages, qu'avez-vous avec eux de semblable ?...
Laissez donc dans son antre un tigre abominable,
Et confiez vos pas à votre saint flambeau.
Partez pour Bethléem, sortez, accourez vite ;
Voici que dans les airs l'étoile vous invite
         A chercher Jésus de nouveau.

         Quel bonheur ! c'est elle encore
         Qui reparaît à leurs yeux,
         Belle comme à son aurore,
         Le front aussi radieux !
         O Providence divine,
         De nouveau l'astre chemine
         Devant les Mages émus !

3

Et l'étoile ne s'arrête
Qu'en arrivant sur le faîte
De la maison de Jésus !

O demeure fortunée,
Asile d'Emmanuel
Qui couvrait la destinée
Du Roi du monde et du ciel !
Sur le seuil de cette enceinte
Les Mages, libres de crainte,
Goûtaient un espoir bien doux !...
« Ils trouvèrent le Messie,
« Avec sa Mère Marie,
« Et tombèrent à genoux ! »

Ils offrirent de l'or : donc, aux yeux des vrais sages,
Le riche doit à Dieu de sincères hommages ;
Donc l'argent aux humains ne tient pas lieu de tout ;
Donc nul n'est dispensé par la seule opulence
D'avoir de la morale et de la conscience,
            Et du courage jusqu'au bout.

De l'encens : ô raison, ô science, ô génie,
Eloquence, beaux-arts de dessin, d'harmonie,
Aux pieds de l'Homme-Dieu, déposez vos tributs !
Le Verbe original d'où sort toute parole,
Le type souverain de tout autre symbole,
            Savants, artistes, c'est Jésus !

De la myrrhe : apprenez que le pouvoir c'est l'être.
Nul ne peut justement se dire le seul maître,

S'il n'est comme Jésus à la fois homme et Dieu !
Empereurs, conquérants, vous n'êtes que des hommes,
Infirmes et mortels ainsi que nous le sommes ;
  En régnant faites-en l'aveu.

Vous avez mission de seconder l'Église.
Soyez des Josués sous un autre Moïse.
Combattez : sa prière aidera vos efforts.
C'est le système heureux que suivit Charlemagne,
Avant lui Constantin ; après, Charles d'Espagne.
  Au Pape l'âme, au roi le corps.

Si la religion, ô rois, vous importune,
Si votre unique fin n'est que votre fortune,
Si l'Évêque de Rome est mis hors de vos rangs...
Tel Hérode chassait l'Enfant-Dieu, le Messie ;
Mais d'une prompte mort, c'est là la prophétie :
  Exil de Dieu, mort des tyrans !...

Car Hérode mourut ! A la terre promise
  Jésus revint à ce signal...
Dix persécutions, loin d'abattre l'Église,
  Lui firent un char triomphal !

Ici-bas, l'on est roi d'une triple manière :
Le pouvoir, l'or, l'esprit ont chacun leur bannière.
Le mieux est de régner par les trois à la fois ;
Mais malheur à celui qui voudrait en lui-même
Trouver le mot de tout, l'autorité suprême,
  Car Jésus est le Roi des rois.

LA CIRCONCISION

ou

LA VACCINE SPIRITUELLE.

Consummati sunt dies octo ut circumcideretur puer.
Les huit jours s'accomplirent pour la circoncision de l'Enfant.

(S. Luc. ii.)

LA CIRCONCISION

OU

LA VACCINE SPIRITUELLE.

————

Je contemplais, un jour, au mur d'un monastère,
Un tableau qui d'abord me fut tout un mystère:
Car, partout où je vois un cadre suspendu,
C'est un piége agaçant à ma raison tendu.
L'art de sculpter, de peindre, hélas! est bien frivole,
S'il ne parle pour l'âme une grande parole.
L'art est une écriture, il s'adresse aux esprits,
Sinon, même un chef-d'œuvre, est fade et de vil prix.
Souvent donc mon regard alla percer la toile,
Sans que pour mon esprit se déchirât le voile.
Le fait peint n'avait pas toute sa vérité,
Mais ce n'était pas lui qui manquait de clarté.
Un simple fait, de soi, n'est qu'une lettre morte.
Il faut le sens vivant qu'en ses flancs elle porte.
Il faut que du nuage il sorte un beau rayon.
Le tableau retraçait la Circoncision,
Ce baptème des Juifs. La scène était au Temple.
Elle avait pour théâtre une table très-ample :
Derrière, le Pontife, en main le saint scalpel ;
Dessus, l'humble Enfant-Dieu, tendre agneau, sur l'autel ;

En avant, sous les traits d'une femme qui prie,
Près de Joseph debout, s'agenouillait Marie.
Or, de ce simple fait je fus longtemps d'abord
A saisir le vrai sens et le profond rapport.
Enfin, grâce au Seigneur! la vérité vivante,
Je crus bien la tenir dans la thèse suivante :
Selon moi, l'Enfant-Dieu, sous le couteau légal,
C'est Jésus, à la source, allant guérir le mal,
Allant inoculer à la concupiscence
La goutte de sang pur qui fait la continence.

Voyez : Ève, rebelle au précepte divin,
Docile au serpent seul, ose porter la main
A l'arbre de science... et détacher la pomme
Que, démon à son tour, elle présente à l'homme !
O funeste repas ! Tandis qu'avec bonheur
Du fruit illégitime ils goûtent la douceur,
Un sang voluptueux s'irrite dans leurs veines ;
Et pour le contenir les digues semblent vaines.
Le couple s'en étonne ; à leurs yeux dessillés
Leurs membres, tout à coup, paraissent dépouillés.
Pour la première fois la rougeur de la honte
Colore leur visage, et Moïse raconte
Qu'aux figuiers d'alentours ils durent promptement,
Pour se ceindre les reins, cueillir un vêtement.

    Ainsi, le sang de notre race
    De sa source coule infecté,
Et le péché d'Adam va poursuivre sa trace
    A travers la postérité.

Que de crimes venus de ce crime des crimes !
    Que de hontes et que de maux !
Pour guérir et laver tant d'humaines victimes,
    Que peut le sang des animaux ?

    Contre le genre humain transfuge,
    Esclave du roi des enfers,
    Que peuvent les eaux du déluge,
    Le feu qui pleut du haut des airs?
    L'homme a péché, l'homme lui-même
    Doit satisfaire au Roi suprême ;
    De lui rien ne peut tenir lieu ;
    Mais, hélas ! l'homme, en sa nature,
    A l'originelle souillure;
    C'est peu de l'homme ; il faut un Dieu.

L'homme devra pourtant sa part du sacrifice.
Dieu ne peut abdiquer les droits de sa justice ;
Mais, s'il frappe son œuvre, il le fait tellement,
Que toujours le remède est dans le châtiment;
Encor, prenant pour lui la part la plus amère,
Agit-il envers nous comme une tendre mère.

« Abraham, Abraham, me voici, c'est bien moi,
« Je viens faire, en ce jour, alliance avec toi.
« Je veux purifier la source de la vie,
« Et je t'établis chef d'une race choisie.
« Tout enfant masculin de ce peuple nouveau
« Portera sur sa chair la marque du couteau ;
« Il sera circoncis. Telle est ma loi formelle,
« Ce sceau consacrera la nation fidèle.

« — Une goutte de sang, voilà donc, ô Seigneur,
« Ce que votre justice exige du pécheur,
« Quand ce serait trop peu même de l'existence
« Pour expier l'affront fait à votre puissance !

« — Votre sang, ô mortels, s'épuiserait en vain ;
« Ce sang n'a de valeur que par le sang divin.
« Tu connais, Abraham, la grande prophétie :
« De ta postérité germera le Messie. »

Donc, lorsque le fléau du mal originel
Eut rempli l'univers de son poison mortel,
Que la contagion de Gomorrhe et Sodome
De cités en cités eut volé jusqu'à Rome ;
Il parut, ce Sauveur, cet Enfant de huit jours,
De qui seul l'ancien monde attendait son secours.
Le couteau de la loi fit jaillir de sa veine
Le sang régénéré de notre vie humaine.
Le nouvel Isaac, succombant sous le poids
De nos iniquités et de l'infâme bois,
Devait aussi, plus tard, sous la main de son Père,
Offrir son holocauste au sommet du Calvaire ;
Mais du grand sacrifice et de notre salut
La Circoncision était le vrai début.
C'était un premier pas dans l'immense carrière,
D'un long fleuve de sang une goutte première,
Un à-compte payé pour calmer le courroux
D'un juge impatient irrité contre nous.

Or, voyez ce qui s'opère,
Quand, de l'art du médecin,

L'enfant tenu par sa mère
Au bras reçoit le vaccin :
Du vaccin la faible crise
Vite du sang neutralise
Les dangereuses vertus ;
Ainsi glissé dans le nôtre,
Soudain ton sang le rend autre,
O mon doux Sauveur Jésus !

En vain le reptile immonde
Qui souffle la volupté
A donc voulu dans le monde
Éteindre la chasteté...
En vain, Satan, tu travailles
Du genre humain les entrailles :
Ton virus est impuissant...
Depuis surtout qu'au baptème,
Comme un remède suprème,
Dieu nous verse tout son sang.

Voilà ce que je vis à travers cette toile,
Quand ma faible raison put en percer le voile.
Oui, pour moi, l'Enfant-Dieu, sous le couteau légal,
C'est Jésus, à la source allant guérir le mal,
Allant inoculer à la concupiscence
La goutte de sang pur qui fit la continence
Des justes circoncis d'après l'antique loi,
Au Père des croyants donnée avec la foi.

Or, ce qui fut aux Juifs comme un sacrement même
Sera toujours pour nous un éloquent emblème.

« Pour nous, dit le docteur aux entrailles d'airain [1],
« Ce rite sur la chair s'observerait en vain :
« De même que le Christ est mort pour notre compte ;
« Qu'en lui l'humanité de la tombe remonte ;
« De même de son sang nous recevons le prix,
« Lorsqu'enfant de huit jours Jésus est circoncis.
« ...Circoncis, dit l'Apôtre, ah ! c'est nous qui le sommes,
« Mais d'esprit et de cœur, non de la main des hommes ! »
O doctrine féconde et pleine de progrès !
Ainsi donc ce tableau dont j'animais les traits
Et qui, faible peinture, était sans grand mérite,
Servait là de bannière à des âmes d'élite
Qui, vivant dans le corps, avaient dit à la chair :
Guerre, guerre sans fin, en dépit de l'enfer !...

Douces vierges, beautés voilées,
Chastes amantes de l'Époux,
Blanches colombes envolées
Loin d'un monde indigne de vous,
Oui, ce sont là les oriflammes
Faites pour ces légions d'âmes
Qui vont reconquérir le ciel,
Et pour qui la vie éphémère
N'est que le sentier du Calvaire
Menant au Thabor éternel !

Religieux de toutes sortes,
Hommes d'étude ou d'action,

[1]. ORIGÈNE.

Oui, devant vos saintes cohortes
Flotte la Circoncision !
Prêtres séculiers, qui vous guide
A travers ce monde perfide ?
C'est toujours le même étendard !
Et toi, sculpteur, peintre ou poëte,
Faut-il que je te le répète ?
C'est aussi le drapeau de l'art !

Quelle est la marque du génie ?
Quel est le sceau de la beauté ?
Dites, n'est-ce pas l'harmonie ?
Dites, n'est-ce pas l'unité ?
Or, l'unité, d'où viendra-t-elle ?
Sinon de cette âme immortelle,
Une en soi, multiple en nos corps ?
A l'âme donc donnez l'empire,
Et dès lors le pinceau, la lyre
Produiront les plus doux accords !

Mais si vos vers, mais si vos toiles
Sont un outrage à la vertu,
Et si vous célébrez sans voiles
Tout le culte infâme du nu,
Ou si d'une brosse agaçante,
Sous une gaze transparente,
Vous défiez notre pudeur,
Lâche et scandaleux artifice !
Vous ne faites qu'orner le vice,
En doubler l'appât séducteur !

Jadis, dans Sion elle-même,
D'Israël des fils apostats
Voulaient propager le système
Suivi par les autres États.
Profanation ! sacrilége !
Ils élevèrent un collége
Pareil à ceux des nations !
Eh bien ! vous leur êtes semblables,
Vous tous, artistes misérables,
Qui fomentez les passions !

Abjurant la sainte alliance,
Vous devenez incirconcis ;
Vous vendez votre conscience ;
Vous faites le mal à tout prix ;
Malheur à vous ! car les ténèbres
Vous couvrent de leurs plis funèbres !
Vous peignez pour les lupanars !
Vos tableaux sont des œuvres mortes ;
Ils ne franchiront pas les portes
Du temple éternel des beaux-arts !

Et ædificaverunt gymnasium in Jerosolymis secundum leges nationum. (I Mach.)

Circumcidite præputium cordis vestri. (Deut. x, 16.)

Qui sunt Christi, carnem suam crucifixerunt cum vitiis et concupiscentiis. (Galat. iv, 24.)

LE NOM DE JÉSUS

ou

LE VRAI TALISMAN.

Vocatum est nomen ejus Jesus.

Il fut nommé du nom de Jésus.

LE NOM DE JÉSUS

ou

LE VRAI TALISMAN.

————◆◆◆————

O peintre, c'est ici surtout que ta palette
A besoin du concours de celle du poëte.
Comment représenter par la seule couleur
Un signe abstrait, un nom, le nom du Dieu Sauveur?
Que pourra tout ton art? — Inscrire une parole
Dans un cercle formé d'une vive auréole,
Sans doute il sera beau de voir comme un soleil
Le nom de Jésus-Christ, à l'orient vermeil,
Se lever radieux, chassant la nuit immonde
Et rendant le vrai jour aux choses de ce monde;
Mais combien ce tableau sera plus expressif
Si le poëte ardent, au front large et pensif,
Venant s'agenouiller aux pieds de cette toile,
Pour les yeux de l'esprit en soulève le voile !
Derrière ce rideau, quel immense horizon !
Quel sublime coup d'œil s'entr'ouvre à la raison !
Tel, autrefois, du haut de la chaire chrétienne,
Un saint prédicateur, Bernardin de Sienne,
Faisant mettre à genoux ses auditeurs émus,
Leur montrait une image où le nom de Jésus

Écrit en lettres d'or brillait dans une gloire ,
Et qu'il leur expliquait, aux clartés de l'histoire.
Que ce simple tableau par un saint commenté
Devait être éloquent ! (O peintre, à ton côté,
Que n'as-tu donc toujours quelque brûlant apôtre !
L'utilité de l'art, alors, serait bien autre !)
Sur les jeux de fortune , un jour, aux Bolonais
Bernardin sut prêcher avec un tel succès
Que les joueurs contrits et tout baignés de larmes
Promirent sur-le-champ de lui rendre les armes;
Que les cartes, les dés, pour l'amour du bon Dieu
Venaient de toutes parts se faire mettre au feu;
Qu'un pauvre fabricant , dont l'art était de peindre
Les cartes à jouer, au Saint courut se plaindre !
« Peignez, dit celui-ci, le saint nom de Jésus,
« Et de moi, vous verrez, vous ne vous plaindrez plus. »
Puis , traçant de sa main, monogramme rapide,
Trois lettres, un soleil : « Que ce dessin vous guide.
« Exécutez, vendez. » Le peintre exécuta
Et chez lui, sans délai, tout le peuple acheta.
O succès merveilleux ! — Pourtant, cette pratique
Des esprits prévenus excita la critique.
Loin d'y voir un moyen propre à la piété,
On la flétrit du nom de singularité.
Contre elle on employa l'arme du ridicule.
Peut-être craignit-on que le peuple crédule
Ne fît de cette image un pieux talisman.
La cause fut enfin portée au Vatican.
Mais, encore une fois, là se fit la lumière.
Le culte du saint Nom eut l'honneur du bréviaire,

Puis, du monde chrétien le respect et l'amour ;
Et c'est en sa faveur que j'écris en ce jour.
A relever le gant jeté dans cette arène
Je consacre l'ardeur qui fait battre ma veine.
Je prétends établir, et cela sans abus ,
Que le vrai talisman, c'est le nom de Jésus,

Oui, le nom du Sauveur est un nom de miracles,...
Le nom c'est la personne ; et, quand il est dicté ,
A nos contrats humains il donne des oracles
      Toute la sainte autorité.

Vous livrez votre seing, c'est vous livrer vous-même.
Quiconque le reçoit de vous aura raison.
La libre signature est une loi suprême.
      La nier ! quelle trahison !

Or, en montant au ciel, au doigt de son Église,
Le Christ, fidèle époux, remit un bel anneau ,
Un anneau qui portait son nom et sa devise ;
      De l'Homme-Dieu c'était le sceau !

O prodige inouï, merveille des merveilles !
Les hommes de Dieu même auront donc le pouvoir,
Pourvu qu'à l'Évangile ils ouvrent leurs oreilles
      Et que Jésus soit leur espoir !

« Allez donc et prêchez : ceux qui seront dociles
« Chasseront en mon nom les esprits infernaux ,
« Guériront les mourants, braveront les reptiles,
      « Tous les poisons et tous les maux.

« Disciples bien-aimés, demandez à mon Père,
« Demandez en mon nom; il vous accordera.
« Ce que vous aurez dit, je m'engage à le faire :
            « Par mon nom tout s'accomplira. »

Un jour donc Pierre et Jean de la sainte demeure
Franchissaient les degrés... c'était la neuvième heure.
A la première enceinte ils étaient parvenus,
Quand à leurs yeux s'offrit un pauvre aux pieds perclus.
Déposé tous les jours, près de la Porte Belle,
Il chantait aux passants sa triste ritournelle.
Or, voyant arriver Pierre et Jean vers le seuil,
Il crut qu'à sa demande ils feraient bon accueil.
Des yeux et de la main il quêtait une aumône,
Pierre dit : « Ce que j'ai, pauvre, je te le donne.
« Au nom de Jésus-Christ, à l'instant lève-toi ;
« Debout sur tes deux pieds, et marche devant moi. »
Et le pauvre boiteux, ô miracle authentique !
Se tint debout, marcha, sauta sous le portique;
Puis avec Pierre et Jean parcourant le saint lieu
Marchait, sautait toujours et rendait gloire à Dieu.
Le peuple alors, en foule, autour d'eux s'agglomère.
On connaissait si bien celui qui d'ordinaire
Gisait au seuil sacré, sans pouvoir faire un pas!...
Et le voilà qui court! Ah! l'on n'en revient pas!
Pendant que Pierre au peuple adresse la parole,
La nouvelle du fait de bouche en bouche vole.
Prêtres, Sadducéens arrivent en courroux
Les Apôtres par eux sont mis sous les verroux;
Car déjà, c'est trop tard pour que l'on se propose,

Avant le lendemain, d'examiner leur cause.
Le lendemain, des Juifs le suprême conseil
S'assemblait en séance avec grand appareil...

Mais qui veut entraver la marche de l'Église ?...
Qu'il enchaîne plutôt les flots de l'Océan !
Juifs, païens, contre nous vaine est toute entreprise ;
     L'Église a le vrai talisman.

Hé quoi ! vous prétendez nous mettre aux pieds la chaîne,
A nous qui délions les jambes des perclus !
Aveugle est votre ardeur, aveugle est votre haine ;
     Laissez, laissez passer Jésus.

     En vain réunis en concile,
     Prêtres et docteurs de la loi ,
     Des apôtres de l'Évangile
     Vous voulez condamner la foi ;
     Un homme est là dont la présence
     Porte avec elle leur défense.
     Les rôles vont être changés :
     Vous le citez à votre barre ,
     Et voilà , contre-coup bizarre ,
     Que par lui vous êtes jugés!

Il vous est bien connu, c'est le perclus lui-même,
     Le perclus du sacré parvis.
Vous l'avez vu boiteux : dites par quel système
     Ses deux pieds ont été guéris.

Non, non , vous ne sauriez contester ce miracle.
Or, le miracle étant la réponse de Dieu,

Délibérer encore après un tel oracle,
C'est tenir à montrer, assez triste spectacle,
En guerre avec le ciel les hommes du saint lieu.

Dissimulerez-vous, porterez-vous défense
De jamais prononcer le nom de ce Jésus ?
Folie et lâcheté, fourberie, impudence,
      Dernière marque d'impuissance ;
Tels on voit s'agiter les reptiles rompus.

Sachez donc, sachez donc, apprenez de l'apôtre
Qu'il vaut mieux obéir au Seigneur qu'à tout autre.
Nul n'est sage, n'est grand ni puissant contre lui.
Si le Christ n'est pas Dieu, son œuvre est périssable.
Compter sur un mortel, c'est bâtir sur le sable,
      C'est prendre un roseau pour appui.

Or, il était bien Dieu, ce Jésus, il faut croire ;
Car déjà deux mille ans sont pleins de son histoire,
      Et son règne est loin de finir.
      Il n'est même qu'à son aurore ;
Au Christ est le passé, mais au Christ plus encore
      Sont les siècles de l'avenir.

Et dans ces deux mille ans que de métamorphoses !
Que de prodiges faits pour la cause des causes !
Que de vrai jour jeté sur les hommes, les choses
      Et les doctrines d'autrefois !
O spectacle enchanteur pour l'œil qui le contemple !
Mais je ne veux ici choisir qu'un seul exemple :
      Voyez le destin de la croix :

La croix dans l'ancien monde est le dernier supplice,
Le supplice à l'esclave, au monstre réservé;
Mais depuis que l'Agneau, dans le grand sacrifice,
Sur l'infâme gibet pour nous est élevé,
Le mot de croix n'est plus synonyme de vice :
Il veut dire vaillance, honneur, vertu, délice,
Tant par le sang divin ce vil bois fut lavé!

Le signe de la croix, du vrai c'est le symbole!...
Au front du genre humain tout le dogme est écrit
   Dans la triple parole :
Au nom du Père, au nom du Fils, du Saint-Esprit!

   Au sommet des choses humaines,
    Partout, je vois briller la croix,
    Sur le cœur des grands capitaines,
    Sur la poitrine des grands rois...
   Ah! le supplice des esclaves
   Est devenu l'espoir des braves,
   Le prix des exploits glorieux!...
   Du haut de nos flèches aiguës
   La croix semble, fendant les nues,
   Vouloir s'élancer jusqu'aux cieux.

Or, tout cela s'est fait contre tous les prestiges.
Donc, le nom de Jésus est le nom des prodiges,
   Le talisman des talismans;
   Il est encore pour les âmes
Le baume souverain, le plus doux des dictames;
Des cœurs désespérés il calme les tourments...
   C'est le plus beau des ornements,

Lorsque par la croix d'or il brille au cou des femmes,
Il épure les flammes
Des tendres sentiments.

O Jésus, ô Jésus, nom que j'adore et prie,
Nom d'où vient la puissance à celui de Marie,
Du feu de ton amour brûle jusqu'à mes chairs [1].
Sois l'âme de ma vie,
Sois l'âme de mes vers,
Ouvre pour moi les cieux et ferme les enfers!

1. Sainte Chantal avait imprimé le nom de *Jésus* avec un fer rouge sur sa poitrine.

.... *Et donavit illi nomen quod est super omne nomen ut in nomine Jesu omne genu flectatur cœlestium, terrestrium et infernorum.* (Phil. ii, 9.)

Et Dieu lui a donné un nom qui est au-dessus de tous les noms, afin qu'au nom de Jésus tout genou fléchisse dans le ciel, sur la terre et dans les enfers. (Philip. ii, 9.)

PRÉSENTATION

DE JÉSUS AU TEMPLE PAR MARIE

OU

LA PREMIÈRE MESSE DU JEUNE PRÊTRE.

3ᵉ

Et postquam impleti sunt dies purgationis ejus secundum legem Moysi, tulerunt illum in Jerusalem ut sisterent eum Domino sicut scriptum est in lege Domini : quia omne masculinum adaperiens vulvam, sanctum Domino vocabitur, et ut darent hostiam secundum quod dictum est in lege Domini, par turturum aut duos pullos columbarum.

Quand les jours de la purification de Marie, selon la loi de Moïse, furent accomplis, Jésus fut porté à Jérusalem pour y être présenté au Seigneur, selon qu'il est écrit dans la loi du Seigneur : que tout enfant mâle venant au monde soit consacré au Seigneur; et pour faire l'offrande prescrite par la même loi, savoir une couple de tourterelles ou deux jeunes colombes.

S. Luc. II, 22-24.

PRÉSENTATION

DE JÉSUS AU TEMPLE, PAR MARIE

ou

LA PREMIÈRE MESSE DU JEUNE PRÊTRE.

———◆◆◆◆———

Éternels sont les jours à celui qui les compte ;
Or la divine Mère, après l'enfantement,
De présenter son Fils attendant le moment,
  Ne trouvait pas l'heure assez prompte ;
Mais au temple, à la fin, la Vierge, aujourd'hui, monte
  Avec un saint empressement.

D'elle-même à la mer l'eau des fleuves s'écoule ;
De lui-même, l'encens s'évapore vers Dieu ;
Sur un plan incliné, que l'enfant, dans son jeu,
  Place un globe, le globe roule ;
Il est juste qu'ainsi des vierges le pied foule
  Sentiers et parvis du saint lieu.

Qui donc te retenait, Vierge-Mère, ô Marie ?
Quel obstacle importun se dressait devant toi ?
Du temple de Sion quel ordre, quelle loi
  Te fermait l'enceinte chérie ?
Le souffle du serpent ne t'avait point flétrie...
  A Dieu tu gardais bien ta foi.

Ce temple était l'asile où fleurit ta jeunesse.
Il est vrai, depuis l'heure où tu l'avais quitté,
Un enfant par ton sein avait été porté
      Pendant neuf longs mois de grossesse ;
Mais, en donnant le jour au Dieu de la promesse,
      Perdais-tu ta virginité ?

Donc, pour toi n'était pas cette légale injure
Qui, sevrant une mère aux vulgaires amours
Des faveurs du lieu saint pendant quarante jours,
      La faisait passer pour impure.
Non, jamais, non, jamais n'eut la moindre souillure
      Celle dont Dieu prit le concours !

Elle est libre du joug, la Mère du Messie,
Et pourtant elle en prend sur elle tout le poids,
Et là, comme partout jusqu'au pied de la croix,
      A Jésus elle s'associe ;
C'est que toute figure et toute prophétie
      Portent sur eux deux à la fois.

En tout événement leurs deux cœurs se répondent :
Moins justement aux voix répondent les échos ;
Ainsi, bien que joués dans des tons inégaux,
      Deux bons instruments se confondent ;
De la Mère les vœux, les démarches secondent
      Du Fils les pas et les travaux.

      Barrières qui fermez l'enceinte
      Du temple de Jérusalem,

Ouvrez-vous, ouvrez-vous devant la Vierge sainte
Qui porte dans ses bras l'enfant de Bethléem.

Et Marie, et Jésus, et Joseph, divin groupe,
Et d'amis, de parents une fidèle troupe,
Franchissant, au matin, portiques et parvis,
Devant l'autel bientôt vont être réunis ;
Mais à chacun des pas que fait la Vierge-Mère
Au Temple, son séjour dès l'enfance première,
Comme le souvenir de son ancien bonheur,
Jaillissant doucement des sources de son cœur,
Coule de sa paupière en amoureuses larmes !
La maison du Seigneur pour elle eut tant de charmes !
Là, comme Samuel, par vœu de ses parents,
Marie avait grandi dès l'âge de trois ans,
Ardente à la prière, ardente à la lecture,
N'aimant à se mirer qu'en la sainte Écriture,
Aux cantiques divins formant sa tendre voix,
A l'aiguille, au travail accoutumant ses doigts,
Chassant loin de ses yeux les moindres immondices,
Environnant de fleurs l'autel des sacrifices,
Apprenant à broder sur les éphods de lin
Les caprices heureux de quelque beau dessin,
Mais surtout préparant en son âme, à toute heure,
Au Rédempteur futur une digne demeure ;
Car, sans doute, ô Marie, un doux pressentiment,
De ton sein virginal vague tressaillement,
Rapide météore au ciel de ta pensée,
Au timbre de ton cœur note en fuyant froissée,
Te disait que peut-être, à la fin, le grand Roi,

3'"

L'espoir de l'univers allait naître de toi.
Oui, des jours solennels belles cérémonies,
Sacrifices pompeux, touchantes harmonies
De psaumes et de chants par Dieu même inspirés,
Qu'accompagnaient les sons des instruments sacrés,
Majesté du pontife avec tout son cortége
De ministres vêtus de longs habits de neige,
Autel d'or pour l'encens, table d'or pour les pains,
Voile du sanctuaire, arche du saint des saints,
Marie avait aimé tout ce culte splendide;
Mais au fond de son cœur elle sentait du vide.
Derrière cet éclat et cette majesté,
Quelque chose manquait, c'était la vérité.
Ce culte n'était qu'ombre, emblème et prophétie;
La Vierge plus que tous aspirait au Messie.
Or, naguère, voilà qu'un ange radieux
Pour la saluer Mère avait quitté les cieux.
Oh ! depuis ce moment, comme une vive flamme,
Un désir généreux dévorait sa grande âme,
Celui de présenter à l'autel du Seigneur
L'enfant qu'elle portait avant tout dans son cœur !
Et puis, la grande loi, la loi par exellence,
Loi commune, éternelle, invincible tendance,
N'est-ce pas d'être soi d'abord par l'unité,
Après, d'être plus d'un par la fécondité ?
Qu'un aigle, par exemple, en volant vers son aire,
Dérobe l'un des fruits du chêne séculaire
Et pour une autre proie attaquée en chemin,
Le laisse retomber au penchant d'un ravin;   [centre,]
Ce gland ce n'est qu'un germe, un point, le point d'un

Un foyer d'unité... Que dans le sol il rentre,
Soudain, autour de lui, mille petits tuyaux,
Racines par leur nom, vont servir de canaux
Pour amener la séve, alimenter la vie...
Mais voici que de terre une tige est sortie;
Elle pousse aussitôt de nombreux rameaux verts
Qui sont d'autres conduits disposés dans les airs
Pour boire la rosée après la nuit sereine
Et respirer des vents l'harmonieuse haleine;
Ainsi, la vie au cœur se rend de tout côté.
Puis quand l'arbre est enfin fortement implanté,
Il commence à produire, et d'automne en automne
Toujours de fruits nouveaux se charge sa couronne.
Tant que vers l'unité dure le mouvement,
L'arbre de jour en jour prend de l'accroissement.
Il cessera de croître, il perdra son feuillage
Si la séve à son cours ne trouve plus passage,
Si la lourde cognée, aux mains du bûcheron,
Rompant tous les vaisseaux les sépare du tronc.
La séve reste alors dans le sein de la terre,
Car son ascension est vraiment un mystère.
La matière, de soi, c'est la chute, la mort;
Il lui faut un levier, la vie est un effort;
Si l'effort se relâche, aussitôt tout retombe,
Le chêne vers le sol et l'homme vers la tombe.
Mais quel est maintenant ce principe vital
Qui soulève le poids de l'élément fatal?
Ce principe, c'est l'âme, une de sa nature;
Et plus une âme est sainte, et plus une âme est pure,
Plus elle enferme en soi le germe d'unité,

Ce principe de vie et de fécondité.
Or l'âme de la Vierge était par excellence
L'âme de l'amour pur, l'âme de l'innocence.
C'était donc à Marie à porter dans son sein
Le Fils de Jéhova, le Rédempteur divin.
Nulle ne pouvait mieux offrir au saint archange
Ce lis dont la blancheur éclate sans mélange.
Et si, sans le savoir, un arbre est jour et nuit
Travaillé du besoin de nous donner son fruit,
Combien tu désiras, auguste Vierge-Mère,
L'heure de présenter le Dieu-Fils au Dieu-Père !

Enfin, voici Marie en ce jour solennel
Debout avec Jésus au pied du saint autel.
O peintres et sculpteurs, artistes tous ensemble,
Comment traiter ce point ? Dites, que vous en semble ?
Est-il en vos cartons une esquisse, un dessin
Qu'on puisse copier, ciseau, palette en main ?
Que vous dit l'idéal ?... Autrefois, plus d'un maître
Plaçait l'Enfant Jésus dans les bras du grand-prêtre.
Ce contraste frappant d'un enfant au berceau
Avec un vieux pontife aux portes du tombeau,
De l'auguste vieillard l'imposante figure,
Sa barbe, son front chauve et sa riche ceinture,
Son brillant pectoral, tout cela pour les yeux
Produisait, sans nul doute, un effet merveilleux ;
Mais ce serait pour l'art un miracle suprême
De faire offrir Jésus par Marie elle-même.
On aime un fruit vermeil sur la corbeille d'or ;
Mais sur l'arbre lui-même on le préfère encor.

Dans une église, un jour, je promenais ma vue...
Rien n'arrêta mon œil, rien, sinon la statue
D'un autel de Marie... En voici le dessin :
La Vierge était debout, tenant, devant son sein,
Et de face, son fils : d'une main la Madone
Portait l'enfant divin comme assis sur un trône,
De l'autre, au côté droit elle tenait Jésus
Qui levait vers le ciel ses deux bras étendus.
La mère par l'enfant voulant être effacée,
Avait derrière lui la tête un peu baissée.
Tel l'arbre, sous le poids de ses fruits glorieux,
Courbant ses longs rameaux, semble baisser les yeux.
Or, selon mon avis, artistes, le modèle
Dont vous devez tracer une image fidèle,
C'est vraiment celui-là...! C'est ainsi qu'en ce jour,
Joseph à son côté, ses parents alentour,
La Vierge-Mère dut au saint autel paraître
Faisant avec son fils l'office de grand-prêtre.
O mystère ineffable en sa simplicité !
Le Temple par Jésus est réhabilité ;
Dieu ne veut plus du sang des boucs et des génisses ;
Abolissant, dès lors, les anciens sacrifices,
Le Verbe prend une âme avec un corps humain,
Et, fils de l'humble Vierge, il s'offre sur son sein !

De la loi du Sina tombez, tombez les voiles...
Quand le soleil s'élance à l'orient vermeil,
Devant ses feux vainqueurs pâlissent les étoiles,
Veilleuses de la nuit qui meurent au réveil !

Entre nous et le ciel plus de ces lourds nuages,
Qui de l'astre du jour éteignent la clarté.
Plus d'emblèmes obscurs ; eh ! pourquoi des images
Quand brille à nos regards la pure vérité ?

Abraham, Isaac, Jacob, Joseph, Moïse,
Culte matériel et circoncision,
Vaines ombres, passez !... Voici le Christ, l'Église :
Tombent le sacerdoce et l'autel de Sion !

Assez, encore un coup, de ces tristes victimes,
De ces vils animaux que la crainte immolait ;
L'Homme-Dieu prend sur lui nos vertus et nos crimes ;
Il s'immole pour nous : l'holocauste est complet.

Toutefois, aujourd'hui, ce n'est point encor l'heure
Pour Marie et Jésus d'immoler sur la croix,
Et si nous les voyons à la sainte demeure,
C'est qu'il veulent d'abord remplir les vieilles lois.

Jésus apparaît donc comme un enfant vulgaire ;
A son tour, il subit la loi des premiers-nés ;
Et la Vierge consent à passer pour la mère
Dont les sens par l'amour ont été profanés.

Aux mains du saint époux voyez ces tourterelles ;
Elles sont le tribut offert pour le rachat ;
Pourtant, il est aisé de lire sur leurs ailes :
Innocence, beauté, tendresse, célibat.

Nous ne comprenons pas, aveugles que nous sommes,
Que Marie et Jésus gardent l'humilité !

Pour le moindre mérite on voit souvent les hommes
Revendiquer la gloire et l'immortalité !

Sans doute la Mère divine,
En présence du saint autel,
Sentait tressaillir sa poitrine
Au contact du Verbe éternel.
L'enthousiasme de son âme,
Sans doute d'une vive flamme
Rendait son front tout radieux ;
Mais elle, baissant sa paupière,
Savait tempérer la lumière
De son visage et de ses yeux.

Simplicité, pureté, vie,
Trois termes en parfait rapport :
Du péché la joie est suivie,
Le crime est suivi de la mort.
Qui de la mort veut fuir les causes
Doit donc fuir avant toutes choses
La vaine joie et le plaisir.
L'humilité, la patience,
La pauvreté, la continence
De la vertu sont l'élixir.

Ce secret, Vierge, notre exemple,
Déjà tu l'avais deviné,
Avant qu'à ton départ du Temple
Saint Siméon te l'eût donné...
Siméon prend Jésus, l'élève
Sur ses vieux bras et dit : Un glaive,

O Mère, percera ton cœur ;
Car cet enfant que je salue,
Et dont j'attendais la venue,
En succombant sera vainqueur !

Et vous, prêtres du Christ, qui de la Vierge-Mère
Remplissez maintenant l'auguste ministère,
Qui d'un mot enfantez l'Homme-Dieu chaque jour,
Croyez-vous que le monde accueille avec amour
L'aspect du crucifix, lorsque dans votre zèle
Vous lui dites : Voyez, pécheurs, votre modèle?
Oh! ne vous fiez pas à ses airs doucereux !
S'il flatte, c'est alors qu'il est plus dangereux ;
Et quand il sèmerait tous vos sentiers de roses,
Il vous hait de tout cœur, c'est l'essence des choses.
Jésus-Christ vous l'a dit : « En publiant ma loi,
« Vous serez en horreur au monde comme moi. »
Prêtres, votre fortune est dans le sacrifice !
Ah ! lorsqu'au saint autel, savourant le calice,
Vous buvez lentement la divine liqueur,
Ne remarquez-vous point que le sang rédempteur
A comme un goût de croix, un déboire d'absinthe?
Savez-vous d'où ce goût vient à la coupe sainte?
De la nécessité faite au prêtre, ici-bas,
De vivre dans le siècle, au milieu des combats.
Jésus disait encor, quittant ce monde indigne :
« Au ciel nous boirons mieux ce doux fruit de la vigne ;
« Ici-bas, dans le temps, ce n'est pas la saison ;
« Il nous faut de mon Père habiter la maison. »

Sans doute, un premier jour de messe ou de prêtrise ,
Un prêtre adolescent que l'espoir électrise...
Mais toi-même, ô lecteur, de l'autel de Sion
A notre autel chrétien mène un trait d'union :
Aisément tu verras les traits du jeune prêtre,
Sous les traits de Marie offrant le divin Maître.

———

Introibo in domum tuam in holocaustis... Ps. LXV, 13.
*Introibo ad altare Dei, ad Deum qui lætificat juventutem
meam.* Ps. XLII, 4.

LA FUITE EN ÉGYPTE

ou

L'EXIL DE L'HOMME SUR LA TERRE.

... Qui cum recessissent, ecce angelus Domini apparuit in somnis Joseph, dicens : Surge et accipe puerum et matrem ejus et fuge in Ægyptum et esto ibi usque dum dicam tibi. Futurum est enim ut Herodes quærat puerum ad perdendum eum.

Defuncto autem Herode, ecce angelus Domini apparuit in somnis Joseph in Ægypto, dicens : Surge et accipe puerum et matrem ejus et vade in terram Israel ; defuncti sunt enim qui querebant animam pueri.

Matth. ii, 13 et seq.

Après qu'ils furent partis, un ange du Seigneur apparut en songe à Joseph et lui dit : Levez-vous, prenez l'Enfant et sa mère, fuyez en Égypte, et demeurez-y jusqu'à ce que je vous le dise ; car Hérode cherchera l'Enfant pour le faire mourir.....

Or, Hérode étant mort, un ange du Seigneur apparut en songe à Joseph en Égypte, et lui dit : Levez-vous, prenez l'Enfant et sa mère, et retournez dans la terre d'Israël ; car ceux qui cherchaient l'Enfant pour lui ôter la vie sont morts.

S. Matth. ii, 13, etc.

LA FUITE EN ÉGYPTE ET LE RETOUR EN ISRAEL

OU

L'EXIL SUR LA TERRE ET LE RETOUR AU CIEL.

Lorsque par son péché l'homme eut cessé d'être ange,
Son corps même eut pour lui quelque chose d'étrange ;
La terre lui parut, à plus forte raison,
Avoir changé d'aspect, de jour et d'horizon.
D'un nuage de deuil se voilait la nature.
Un bruit sourd gémissait en chaque créature.
Ce n'était plus d'Éden la joyeuse clarté,
La fécondité neuve et la félicité.
Comme un forçat traînant le boulet et la chaîne,
L'homme avait du travail le labeur et la peine ;
Il payait de sueur son pain de chaque jour.
Enfin, du ciel à lui tout n'était plus amour ;
De biens, de maux divers sa vie était tissue.
Tel que du paradis l'ange gardant l'issue,
Un autre ange, la Mort, devait, avec sa faux,
Venir un jour trancher et les biens et les maux.
La chance de revoir la céleste patrie
Seule animait encor l'existence flétrie.
Heureux l'homme, il est vrai, d'avoir en son destin,
Pour calmer ses douleurs, ce baume tout divin !

Ah! qu'au pauvre exilé l'espoir est salutaire !
L'espérance du ciel, c'est le ciel sur la terre.

Le vrai ciel, toutefois, n'est point en ces bas lieux.
L'homme n'est là qu'un temps; en passant il expie
      Le crime, la fureur impie
De sa rébellion contre le Roi des cieux.

La vie est une fuite au pays des années...
Voyez sur ce chemin, l'une à l'autre enchaînées,
      Courir les générations !...
Si quelque vérité dans tout le passé brille,
C'est que l'homme voyage, individu, famille,
      Tribus, peuples et nations...

S'il s'agissait pour nous de halte permanente,
Abraham dans sa terre eût dû fixer sa tente,
Ou, mieux encor que lui, quelqu'un de ses aïeux,
Quand les mortels vivaient des jours prodigieux.
Huit cents ans, neuf cents ans ! quelle immense durée
Pour planter, pour bâtir, changer une contrée !
Et dans quel temps encor chacun plus aisément
Pouvait-il s'adjuger, selon son agrément,
Le champ le plus fécond, le plus riant asile,
Assurer son bonheur, vivre et mourir tranquille ?
Point de guerres alors; partout profond repos,
Partout l'homme occupé du soin de ses troupeaux,
Promenant sur le sol le soc ou la faucille,
De ses nombreux enfants créant une famille,
Cueillant pour le Seigneur la fleur de son bercail
Ou les premiers épis éclos de son travail.

O facile bonheur des tribus pastorales !
Douce simplicité des mœurs patriarcales !
Délicieux loisirs, spectacles ravissants !
Une nature neuve et des peuples naissants !...
L'homme eût donc pu se croire éternel sur la terre...
Ah ! des destins passés sachons mieux le mystère :
Or, Dieu dit : « Abraham, sors de ton pays, viens ;
« Fuis le toit paternel, abandonne les tiens ;
« Viens ; il est une terre où tu dois aller vivre ;
« Je te la montrerai, tu n'auras qu'à me suivre. »
Et voilà qu'Abraham, loin des plaines d'Haran,
Transplante sa demeure aux champs de Chanaan.
Là, du moins, pensez-vous, il va prendre racine.
Illusion ; lisez : « Grande étant la famine,
« Vers la terre étrangère il dirige ses pas »,
« Nommant Saraï sœur pour ne se perdre pas ».
Grâce à cet innocent et simple stratagème,
Il prospère en Égypte et revient au lieu même
Où, lors de son départ, en pieux voyageur,
Il avait su dresser un autel au Seigneur ;
Mais était-ce la fin de ses vicissitudes ?
Non ; la fin d'Abraham répondit aux préludes.
Du lieu qui le vit naître au vallon de Mambré,
Où son corps plein de jours en paix fut enterré,
Son histoire ne fut qu'un long pèlerinage.
Le pays qu'il possède et lègue en héritage,
Il ne peut l'habiter que le bâton en main,
Et pour lui chaque jour passe sans lendemain !
Encor si ses enfants et sa race bénie
N'avaient pas hérité de son genre de vie !

Mais qui ne sait au long par quel enchaînement
De famine, de gloire et d'asservissement,
De faits prodigieux opérés par Moïse,
Le peuple juif rentra dans la terre promise?
Qui n'a pas lu cent fois ailleurs que dans ces vers
Par quel usage saint ce peuple hors des fers,
Mangeant l'agneau pascal, fêtait sa délivrance
Ceinture autour des reins, debout, sous l'apparence
D'un voyageur pressé d'arriver à son but?
— De là quelle leçon?... — Que pour notre salut,
Comme le nautonier sur la face de l'onde,
Il nous faut chaque jour glisser sur ce bas monde,
L'œil fixé sur l'étoile ou le phare du port;
Car la vie éternelle est par delà la mort,
Profonde vérité, qu'à son tour le Messie
Nous enseigne au début de sa mortelle vie!
Dissipant les vapeurs d'un paisible sommeil,
Un ange de Joseph vint hâter le réveil;
« Prenez l'Enfant Jésus et sa mère Marie;
« Il serait dangereux d'habiter la patrie
« Hérode est un tyran jaloux et forcené;
« Il conspire déjà contre le nouveau-né.
« Chez les Égyptiens portez l'autre Moïse,
« Et ne revenez pas que je ne vous le dise;
« Car le prophète saint dit : L'Égypte est le lieu
« D'où sera rappelé le Christ, le Fils de Dieu. »
Joseph donc se levant prit l'Enfant et la Mère,
Et sans délai partit pour la terre étrangère.
Or, ce récit touchant l'art s'en est emparé,
C'est de bien des tableaux le type consacré,

Quelle est donc la raison qui pousse maint artiste
A choisir un sujet dont l'idéal est triste
Presque autant qu'il est doux ?... Ah ! c'est précisément
Que la vie est en soi ce double sentiment;
Que d'un lointain exil, d'un long pèlerinage
On ne saurait trouver une plus belle image !
La Vierge, saint Joseph, le tendre enfant Jésus,
De la terre promise injustement exclus,
Forcés d'abandonner leur tranquille demeure,
De rompre leur sommeil et de partir sur l'heure,
De quitter leurs parents, leurs amis, sans savoir
Quand et par quels moyens ils pourront les revoir,
Affrontent les dangers, les peines de la route !...
Subir un sort pareil, que c'est dur, qu'il en coûte !...
O Vierge, qui partez pour un autre climat,
Les cailloux blesseront votre pied délicat !...
Mais que pour recevoir le doux poids de Marie,
Se présente le dos de l'ânesse chérie;
Que le divin Enfant, par le pas balancé,
S'endorme sur le sein que sa lèvre a sucé,
Tandis que l'animal modeste mais solide
Suit en paix saint Joseph qui le tient par la bride;
Que sous les verts palmiers, sur le bord des ruisseaux
Nos voyageurs, parfois, prennent quelque repos,
Contemplent d'un ciel pur les nuances lointaines,
Les troupeaux dispersés dans les immenses plaines,
Que durant leur passage en ce nouveau pays
L'espoir d'un prompt retour éclaire leurs esprits,
Tout change alors d'aspect; par cet heureux mélange
De peines, de douceurs, la vie est moins étrange.

4'

Les peintres l'ont compris, et du grand Murillo
Que j'aime à contempler le sublime tableau,
Chef-d'œuvre plein de grâce et de mélancolie !
Ah ! c'est bien là, vraiment, l'image de la vie !...
Dans l'ogive élancée, en l'un de ces panneaux
Que font en se croisant les gothiques meneaux,
Transportez ce sujet, sur verre, en couleurs vives,
Et puis, que dissipant les ombres fugitives,
Les rayons lumineux, au lever du soleil,
Viennent percer la vitre et le dessin vermeil,
Aurez-vous jamais vu plus pure ressemblance,
Dans quelque autre miroir de l'humaine existence?
Quoi de plus idéal, de plus aérien ?
Cherchez, cherchez longtemps, vous ne trouverez rien.
Dans le texte sacré la vie est un nuage,
Une ombre, une vapeur, un rapide sillage,
Une trame qui s'use aux mains du tisserand,
Une flèche qui part et droit au but se rend ;
Mais, ô fuite en Égypte, entre tous ces symboles
C'est toi qui tout le mieux m'instruis et me consoles.
Là, je trouve en balance avec des poids égaux
Les maux, les biens, les biens l'emportant sur les maux.
Je vois tous les sentiers de bonheur, de souffrance,
Dont parle dans ses vers Grégoire de Nazianze,
Chemins divers qui tous mènent au même but ;
A savoir que pour faire, ici notre salut.
Et pouvoir échapper à l'éternel supplice,
Il faut à la vertu sacrifier le vice,
Accepter librement les peines, les douleurs,
Renoncer aux plaisirs, revendiquer les pleurs,

Du Créateur en nous garder la ressemblance,
Et déjà dans le ciel vivre par l'espérance,
Après avoir rompu par de constants efforts
Les nœuds de cet hymen qui livre l'âme au corps.

Oui, je le sais, la terre est le vallon des larmes;
Mais, pour les yeux de l'homme, hélas! qu'elle a de
     De séductions pour son cœur!   [charmes,]
Il se sent né pour Dieu, pour une autre patrie.
S'il s'attache aux faux biens, sa conscience crie :
     Vivre, pourtant, est son bonheur !

Comme l'ange, annonçant à Joseph dans un rêve
Que le trépas d'Hérode à Jésus donne trêve,
     La mort apparaît aux humains :
« Mortels, réveillez-vous, rompez votre long somme;
« La vie est un exil qui n'a qu'un temps pour l'homme;
     « Du ciel reprenez les chemins. »

Or, voit-on les mortels, comme Joseph dociles,
Préparer leur départ et se montrer agiles,
     Calmes, satisfaits et joyeux?...
Non, non, et c'est ici la grande différence;
Car au lieu de chanter l'hymne de délivrance,
     Ils partent les pleurs dans les yeux !

« Je ne veux pas mourir, mon Dieu, disait naguère,
« Une jeune malade, une épouse, une mère.
     « Je veux être avec mon époux ;
« Je dois à mes enfants une plus longue vie;

« Avec eux, ô mon Dieu, laissez-moi, je vous prie,
        « Nous étions si bien ici tous ! »

Tu ne veux pas mourir, ô femme douce et bonne !
Tu mérites, c'est vrai, que la mort te pardonne ;
        Mais la mort ne pardonne pas.
Dans ton sein le cancer enfonce ses racines.
Encore quelques jours et puis... tu le devines,
        Sonnera l'heure du trépas.

Dure nécessité que personne n'évite !
Le plus court serait donc de se faire, au plus vite,
        De mourir une douce loi ;
L'Évangile le veut, et la grande science
Est d'apprendre à mourir chaque jour, par avance,
        Au monde et tout d'abord à soi.

Ah ! pour celui qui voit du dedans de l'Église
Le vitrail du retour vers la terre promise,
        Pour celui-là belle est la mort ;
Doux est au voyageur le but de son voyage,
Douce est au nautonier l'approche du rivage,
        Où la nef doit trouver le port !

Les émigrants, aux jours des discordes civiles,
Abandonnant leurs champs, leurs demeures, leurs villes,
        Vont errer loin du sol natal ;
Mais lorsque d'y rentrer le moment se présente,
Les voit-on dans l'exil prolonger leur attente?...
        Ils rentrent au premier signal.

L'instinct de la patrie est naturel à l'homme.
Qu'il habite un désert ou qu'il habite Rome,

Il tient aux lieux de son berceau.
Tous les peuples ainsi gardent chacun leur place.
Et dussé-je être né sur un sol tout de glace,
J'y voudrais laisser mon tombeau !

Tout objet exotique a sa couleur locale :
A l'arbre il faut donner sa terre végétale,
La terre son propre aliment;
Ainsi, dans l'exilé reparaît sa patrie ;
A son pied reste un peu de la terre chérie,
Pour les jours du bannissement.

Et vous qu'ont vu germer les célestes collines,
N'en retenez-vous rien à toutes vos racines,
Chrétiens, transplantés en ces lieux?
Comptez-vous, ici-bas, porter des fruits de vie?
De remonter là-haut n'avez-vous nulle envie?
Ce monde est-il pour vous les cieux ?

O prodigues enfants, levez, levez la tête,
Votre Père divin vous prépare une fête,
Volez vous jeter dans ses bras.
Pour vous les doux concerts des sublimes milices,
Pour vous du grand banquet les immenses délices,
L'Agneau, c'est mieux que le veau gras.

Tobie absent, à qui pensait son tendre père ?
A qui pensait Anna, sa vigilante mère?
A leur fils, leur unique amour.
Ainsi, Dieu, dans le ciel, et la Vierge très-sainte;
De nous tout occupés disent, dans cette enceinte,
Quand donc seront-ils de retour?

Dans un tableau de Dow, tous deux en leur chaumière,
Tobie et sa compagne , assis, font leur prière,
Pendant l'absence de leur fils ;
Comme symbole exact du cours de leur pensée,
Sur la paroi du fond, une carte tracée,
Montre les chemins du pays.

Mais celui qui du père est la grande parole
N'a pour penser à nous besoin d'aucun symbole;
Il est notre type éternel ;
En lui nous avons être et mouvement et vie ;
Il est notre séjour, il est notre patrie...
Comment sommes-nous loin du ciel?

Hélas ! hélas ! mon Dieu, Père par excellence,
Qui met donc en nos cœurs la froide indifférence,
Quand il s'agit d'aller à toi?...
C'est la nécessité de combattre nos vices,
C'est notre répugnance aux moindres sacrifices
Que réclame de nous ta loi !

Et pourtant nous passons, vains mortels que nous som-
Oubliant que dans peu tu jugeras les hommes   [mes,]
Sur leurs vices et leurs vertus,
Ah ! que me détournant de ce monde perfide,
Ta loi soit ma boussole et dès ce jour me guide,
Sans naufrage, au port des élus !

... Fuge in Ægyptum et esto ibi usque dum dicam tibi.

Super flumina Babylonis, illic sedimus et flevimus cum recordaremur Sion.

JÉSUS A NAZARETH

ou

LA VIE DE FAMILLE.

Audiens autem quod Archelaüs regnaret in Judea pro Herode patre suo, timuit illo ire : et admonitus in somnis, secessit in partes Galilææ. Et veniens habitavit in civitate quæ vocatur Nazareth : ut adimpleretur quod dictum est per prophetas : Quoniam Nazaræus vocabitur.

S. MATTH. II, 22, 23.

Mais apprenant qu'Archélaüs régnait en Judée à la place d'Hérode, son père, il appréhenda d'y aller ; et ayant reçu pendant qu'il dormait un avertissement, il se retira dans la Galilée, et vint demeurer dans une ville appelée Nazareth, afin que cette prédiction des prophètes fût accomplie : Il sera appelé Nazaréen.

S. MATTH. II, 22, 23.

JÉSUS A ÑAZARETH

ou

LA VIE DE FAMILLE.

Vous êtes-vous parfois, dans votre rêverie,
Demandé d'où nous vient l'amour de la patrie,
Ce sentiment si pur, si cher au cœur humain,
Qui jadis fit la gloire et du peuple romain
Et du peuple de Sparte et du peuple d'Athènes
Et de tout autre peuple impatient des chaînes ?...
C'est le rayonnement du foyer paternel !
On combat pour le trône, on combat pour l'autel,
Afin de conserver cet humble toit de chaume,
Où chacun a son nid dans un vaste royaume.
Et ne voyons-nous pas le plus faible oisillon,
Soit qu'il cache ses œufs dans l'herbe du sillon,
Ou bien qu'il les suspende à la branche élevée,
Contre tout ennemi défendre sa couvée ?
L'arbre même, étendant ses vigoureux rameaux,
Défend l'étroit espace où comme des canaux
S'allongent tout autour les racines fécondes
Qui de la séve au cœur font arriver les ondes,
Le gland fut au hasard semé dans tel endroit,
Mais une fois éclos, il reste, c'est son droit.

Toute vie a d'ailleurs son asile, son centre,
En un point du désert le lion a son antre,
Dans l'ombre des taillis se cache le chevreuil,
De son maître le chien aime à garder le seuil.
A la cime des monts l'aigle pose son aire.
Le bruyant passereau, l'hirondelle légère
Élèvent leurs petits à l'abri de nos toits ;
Chaque espèce demande un gîte de son choix.
L'homme, l'homme surtout, aux champs comme à la ville,
Se plaît à bien placer son point de domicile ;
Car, comme au faible point tient le sens du discours,
Le bonheur des mortels dépend de leurs séjours ;
Et ce qu'est au cadran l'aiguille pour les heures,
L'est pour notre plaisir le choix de nos demeures.
Logés selon nos vœux, je le dis et le crois,
Nous vivons plus longtemps, car c'est vivre deux fois.
Différents sont nos goûts ; mais voyez si la terre
N'a pas un site au gré de chaque caractère.
Le globe entier du monde, en son vaste contour,
A-t-il deux plans égaux sous les rayons du jour ?
Loin donc qu'en ses aspects soit la monotonie,
La variété seule y paraît infinie.
Ici, c'est le vallon qui cache dans son sein
La rivière limpide au sinueux bassin.
L'un et l'autre coteaux, bocages sur la pente,
Descendent, prés fleuris, à l'onde qui serpente.
Les saules au vert glauque, aux rameaux déliés,
Alternent sur deux rangs avec les peupliers.
Parfois des rochers nus, à l'air un peu sauvage,
S'avançant à leur tour pour border le rivage,

Décrivent dans leur pose et dans leur mouvement
Une courbe, une baie, un petit port charmant :
Quel site gracieux pour un homme tranquille
Qui redouta toujours le vain bruit de la ville !
Ici, c'est la montagne escaladant les airs,
Ou le haut promontoire, au bord des flots amers.
C'est l'asile fantasque où le fougueux artiste
Aimerait à rêver quand il est d'humeur triste.
C'est aussi la retraite aux abruptes abords
De l'homme poursuivi par de puissants remords,
D'un grand orgueil blessé qui vole vers son aire,
Jetant à ses rivaux son mépris, sa colère.
Enfin, c'est le séjour de ces hommes divins
Qui vivant dans le corps comme des séraphins,
S'en vont sur les hauteurs chercher la solitude,
Les saints tressaillements, la prière, l'étude.
Oh ! j'aimerais aussi les monts aux fronts vainqueurs ;
Plus purs y sont les yeux et plus libres les cœurs,
Là-haut tout s'agrandit, l'horizon est immense ;
Il faut pour la juger voir la terre à distance.
Toutefois si jamais, pour moi, j'avais besoin
De me choisir un lieu de mon bonheur témoin,
Je ne gravirais pas vers les plus hautes cimes,
Les désirs modérés sont les plus légitimes.
L'homme était composé de matière et d'esprit.
Ni trop haut, ni trop bas, il doit bâtir son nid,
Ce n'est pas pour nous seuls qu'en ce monde nous sommes.
Nul ne peut se passer entièrement des hommes.
Heureux même celui qui se mêle aux humains
Pour les édifier et les rendre des saints !

C'est une exception que la vie aux montagnes.
Moi donc, je choisirais, au milieu des campagnes,
Une douce colline, un modeste coteau.
J'y verrais s'élever ma maison, mon hameau.
De la terre et du ciel, j'aurais les influences;
Le vulgaire bonheur n'est que dans les nuances...
... Donc l'homme, sur la terre, en allant vers les cieux,
Tout voyageur qu'il est, s'attache à certains lieux.
« L'hirondelle a son nid, le renard sa tanière »,
Disait Jésus; « moi seul, je n'ai pas une pierre
« Où poser, ici-bas, ma tête et mon sommeil. »
Cependant aux humains voulant être pareil,
Le Christ avait vécu trente ans en Galilée,
Trente ans à Nazareth; existence voilée,
Dont l'Esprit-Saint jugea qu'il était à propos
De ne dire en passant que trois ou quatre mots.
Comment le soulever, ce voile du silence,
Qui du divin Sauveur nous dérobe l'enfance?
Qui mettra sous nos yeux, à l'aide du pinceau,
Le destin de Jésus à partir du berceau?...
Mais quel peintre n'a fait une sainte famille?...
Ah! c'est que là-dessus un grand principe brille!
Chacun, l'un après l'autre, a voulu derechef
Saisir ce grand principe et le mettre en relief.
Tous l'ont-ils bien rendu? Non. Celui, que je sache,
Qui mérite le prix, c'est Annibal Carrache.
Voyez, voyez plutôt son divin *Raboteur*.
Est-il peintre, poëte, artiste, enfin auteur
Qui puisse concevoir un plus parfait modèle
Et le traduire aux yeux par un trait plus fidèle?

Cette vie en famille, où d'un commun accord
Tous doivent travailler au bien d'un commun sort,
Sous la direction du père et de la mère,
Ou de l'aîné des fils, quand succombe le père,
Où la trouverez-vous avec plus de clarté ?...
Ce type primitif de la société,
Où le pouvoir, venu du monarque suprême,
Apparaît à l'enfant sous le plus tendre emblème,
Où paix, ordre, bonheur, comme au divin séjour,
Sont des fruits suspendus aux branches de l'amour :
Qui le retracera, si ce n'est cette toile ?
Essayons un instant d'en pénétrer le voile.
C'était à Nazareth ! ville dont le doux nom
Indique une colline au-dessus d'un vallon,
Site bien naturel au séjour d'un Messie,
Qui venait parmi nous vivre une double vie ;
Qui venait enlacer d'un vrai nœud gordien
L'homme avec son auteur, le tout avec le rien !
Au bord de la cité, loin des places bruyantes,
Est un humble logis aux fenêtres béantes.
Seule une étroite porte, en roulant sur ses gonds,
En interdit l'entrée aux chiens, aux vagabonds.
A l'angle, un olivier, arbre de paix, s'élance,
Et sur un mur, un lis, symbole d'innocence.
Voilà tout le palais du fils du Roi des rois ;
Mais on est bien logé, quand on l'est à son choix.
Celui qui voulut naître en tes chastes entrailles,
Cherchait-il, ô Marie, un temple de murailles ?
Pour lui, quel monument eût été glorieux ?
Où Dieu daigne habiter, là se trouvent les cieux.

O toit de Nazareth, ô toit pauvre et rustique,
Oui, tu peux te passer de parvis, de portique.
Eh ! que me fait à moi du temple de Sion
Et la magnificence et l'élévation,
Si sur le riche autel où tombent les victimes,
Ne coule pas le sang qui seul lave mes crimes ?
Si dans le tabernacle et sous les chérubins
N'habite pas mon Dieu, qu'est votre Saint des Saints ?
Saluons, saluons cet humble et pauvre asile
Où l'héritier du ciel élut son domicile,
Où la mère, l'enfant, le père réputé,
Représentaient sur terre une autre Trinité,
Groupés, ainsi que nous, autour d'un petit âtre,
Des scènes de leur vie, unique et doux théâtre.
Là des peintres chrétiens les rêves créateurs
Doivent aller chercher des croquis enchanteurs.
Combien d'œuvres déjà de là nous sont venues !
Que de conceptions charmantes, ingénues !
C'est la tendre Marie à son *enfantelet*
Offrant avec amour son blanc sein plein de lait,
Ou mettant au berceau, bien garrotté de langes,
Celui qui des soleils dirige les phalanges !...
Ici, c'est saint Joseph, le meilleur des époux,
Qui tient l'enfant Jésus debout sur ses genoux,
Et lui met à la main la fleur dont la corolle
Est de la pureté le plus parfait symbole.
Ailleurs, Jésus, Marie et Joseph sont tous trois.
Mais si le peintre veut des cadres moins étroits,
Qu'il introduise encor dans la rustique enceinte
Élisabeth et Jean, de la famille sainte.

Rien n'empêche, non plus, de combler le tableau
Par des anges et Dieu, comme a fait Murillo.
Alors on pourra voir dans l'étroite cabane,
Ce qu'y virent jadis Raphaël et l'Albane.
Que de grâce touchante et de variété!
Là, la terre et le ciel sont bien en unité!
C'est le petit saint Jean, à qui sa vieille mère
Fait adorer Jésus, qu'il baise comme un frère.
C'est la Mère divine, adorant d'un genou
Son enfant qu'au réveil elle prend à son cou.
Saint Joseph les regarde..., et puis ce sont des anges
Qui font pleuvoir d'en haut les fleurs et les louanges.
Enfin, pour épuiser et palette et pinceau,
Et donner à sa toile un agrément nouveau,
Notre artiste pieux n'en sera que plus sage,
S'il nous laisse entrevoir un coin de paysage.
Alors, alors, son œuvre aura tout son effet;
Car la vie au foyer, c'est un monde complet;
Et ce qui nous attache au lieu de la naissance,
De ceux qui nous sont chers c'est d'abord la présence;
Ce sont ces doux rapports, visites ou festins,
Vrais éclairs de bonheur sur nos sombres destins;
Mais c'est aussi l'aspect des vallons, des prairies,
Des ruisseaux et des bois, et des plaines fleuries;
C'est le vol des oiseaux, le chant délicieux
De ces bardes ailés qui parcourent les cieux;
Ce sont tous ces objets que notre cœur réclame
Et qui semblent doués d'une part de notre âme.
Nous croissons comme l'arbre; aux êtres d'alentour,
Nous puisons à la fois et la vie et l'amour.

Tout arbre transplanté sur la terre étrangère
Perd loin du sol natal sa vigueur ordinaire.
Il n'est frais, il n'est beau, fécond, harmonieux,
Qu'en restant au pays où furent ses aïeux.
Malheur à l'imprudent qui d'un champêtre asile
Passe, pour être mieux, au séjour de la ville !
Les sucs qui jusque-là nourrissaient sa vigueur
Ne sont plus les premiers à se rendre à son cœur.
Son œil change d'aspects, ainsi que sa pensée ;
A son oreille parle une voix insensée.
Ce n'est plus le même homme ; il était bon chrétien :
Déjà c'est un impie, il ne croit plus à rien.
Il se rira bientôt des lois de la morale,
Et traînera ses jours de scandale en scandale.
Peut-être devenu criminel et pervers,
Faudra-t-il à la fin le jeter dans les fers.
Heureux si regrettant son asile champêtre,
Il vient se reformer aux lieux qui l'ont vu naître !
Mais Jésus a grandi de six ou sept printemps.
Il aide saint Joseph dans ses travaux constants
Et dans les mille soins que donne le ménage ;
Il sert surtout sa mère en enfant de son âge.
Lui, source de la vie et de l'autorité,
Au gré d'humbles mortels plier sa volonté !
Faut-il aller parfois à la maison voisine
Exprimer quelque vœu de la Vierge divine,
Ou faut-il approcher avec empressement
De la main de Joseph un meilleur instrument,
Jésus est attentif, et toute son étude
Est de répondre à l'ordre avec exactitude.

Obéir, travailler, concourir au succès,
Telle est pour l'apprenti la ligne du progrès.
Voyez-vous , voyez-vous dans notre belle image
Et Joseph et Jésus, et Marie à l'ouvrage ?
Devant l'humble demeure, en plein jour, on les voit.
Comme ils sont occupés chacun de ce qu'il doit !
Eh ! n'est-ce pas ainsi qu'en toute la nature
Dans l'atelier de Dieu tout se fait en mesure ?
Joseph est le patron ; c'est à lui qu'il convient
De tendre le cordeau ; mais Jésus le maintient.
Derrière eux, sur le seuil, Marie a son aiguille.
C'est l'instrument qu'il faut aux mères de famille.
Et que la femme est bien au seuil de sa maison !
Son centre est le foyer ; le seuil, son horizon.
Tandis que l'homme au loin verse son énergie,
L'épouse est là qui veille aux sources de la vie.
Lui, c'est le premier plan ; elle, l'ombre au tableau.
O Carrache, ton œuvre est le type du beau !
Et comme tu sais bien à chaque personnage
Donner l'expression du corps et du visage!
Ce front chauve, ces bras, ces genoux vigoureux ,
Cet air grave, appliqué, tranquille, bienheureux,
Ces légers vêtements qui sont trop lourds encore,
Quand la sueur jaillit à travers chaque pore,
N'est-ce pas le portrait de tout bon ouvrier,
Le modèle accompli de tout chef d'atelier?
Et le petit Jésus, sur le bout de la planche,
Comme en tenant son fil , avec grâce il se penche !
Il sourit, il s'égaie, il prend d'aimables airs :
La Sagesse, en jouant, fit ainsi l'univers.

Enfin, que j'aime à voir la pose de Marie,
Son travail suspendu, sa douce rêverie !...
Ah ! bien que les labeurs absorbent leurs instants,
Nos modèles divins trouvent toujours le temps
D'élever vers le ciel leur cœur et leur pensée.
L'homme n'est point semblable à la brute insensée.
Il n'est point sous le joug, ainsi que deux taureaux.
Le Seigneur fit pour lui le saint jour du repos.
Et le matin, le soir, sous son humble chaumière,
Le laboureur à Dieu sait dire sa prière.
Dans le milieu des jours, quand teinte l'Angélus,
Il se rappelle encore et Marie et Jésus.
L'univers n'est-il pas d'ailleurs un vaste temple ?
Eh quoi ! vous voudriez qu'au printemps, par exemple,
Aux champs, sur les coteaux, dans les prés, dans les bois,
Quand tout fleurit et chante, et bourdonne à la fois,
Vous voudriez que l'homme, avec tout son génie,
Restât, le front baissé, sourd à cette harmonie !
Non, non, il n'est point sourd à ces divins concerts ;
La première, sa voix, retentit dans les airs :

> O toi dont la nature est fille,
> Toi qui donnes à l'oisillon
> L'instinct d'avoir une famille,
> Un nid dans l'herbe du sillon ;
> Toi qui diriges les abeilles,
> Quand elles vont pour leurs corbeilles,
> Butiner le miel sur les fleurs,
> Que veux-tu, sinon que tout être
> Sente un père en toi plus qu'un maître ?...

Ah ! le plus bel hommage est celui de nos cœurs !

Aussi, nous disons : Notre Père !
De toi vient toute parenté.
Pour adoucir la vie amère,
Tu fondas la société.
C'est encor toi qui fis l'Église.
Ainsi, vers la terre promise,
Le monde va comme Israël.
Ainsi, vers toi, comme en son centre,
Tout se précipite et tout rentre ;
Se reposer en toi, c'est le bonheur du ciel.

Et vers cette sphère infinie
Où les êtres vont tour à tour ;
Le mouvement, c'est l'harmonie,
Et le mobile, c'est l'amour...
Si donc, au seuil de sa chaumière,
La Vierge lève sa paupière,
Interrompant ses chers travaux,
C'est qu'elle a vu passer les anges,
Et que des célestes louanges
Son oreille ravie entend les doux échos.

---

*Ecce quam bonum et quam jucundum habitare fratres in
[unum !*

JÉSUS AU TEMPLE

A L'AGE DE DOUZE ANS

OU

L'ENFANT DU CATÉCHISME ET DU VRAI PROGRÈS.

Et factum est post triduum invenerunt illum in templo, sedentem in medio Doctorum, audientem illos et interrogantem eos.

Stupebant autem omnes, qui audiebant super prudentia et responsis ejus.

. . . .

. Et Jesus proficiebat sapientia et ætate et gratia apud Deum et homines. S. Luc. II, 42 et seq.

Trois jours après, ils le trouvèrent dans le temple, assis au milieu des docteurs, les écoutant et les interrogeant; et tous ceux qui l'entendaient étaient surpris de sa sagesse et de ses réponses. . . . .

Et Jésus croissait en sagesse, en âge et en grâce devant Dieu et devant les hommes.   S. Luc, II, 42 et suiv.

JÉSUS AU TEMPLE A L'AGE DE DOUZE ANS

ou

L'ENFANT DU CATÉCHISME ET DU VRAI PROGRÈS.

L'écureuil tournant sur lui-même
Et le caméléon aux changeantes couleurs,
Tel est, hélas ! le double emblème
Des sages de nos jours, de nos libres-penseurs.
Leur droit est d'élever système sur système,
Je veux dire : erreurs sur erreurs.
Avec le glaive du blasphème,
Chacun, en conquérant, tranche le grand problème.

Abjurant de la foi le flambeau radieux,
L'astre d'où le vrai jour arrive à toute chose,
Voyez-les, voyez-les, ces esprits orgueilleux,
Comme s'ils ne croyaient qu'en eux,
Ou s'ils croyaient encore à la métempsycose,
Concentrer sur eux seuls leur pensée et leurs yeux,
Montrer, tous les matins, autre métamorphose !

Des temps et des labeurs avant eux accomplis,
Ils rejettent loin d'eux la chaîne,
Le mot de la nature humaine,
Eux seuls, ils l'ont bien lu; seuls, ils l'ont bien compris.

Eh ! que leur parlez-vous de Platon, d'Aristote,
Et de nos saints docteurs et des sages d'après !
Sous son bonnet de nuit l'antiquité radote ;
Le bandeau sur les yeux la scolastique ergote ;
L'Allemagne se perd en ses rêves abstraits ;
  Et des philosophes français
Eux seuls , jusqu'à ce jour, connurent le progrès !

En grand révélateur chacun d'eux se présente ;
  Il est le flambeau des flambeaux ;
  Il vient, dit-il, fort à propos,
Ranimer de ses feux la science mourante !

  Il est à lui seul son milieu ;
Comme point de départ il se pose lui-même ;
Il serait volontiers aussi sa fin suprême ;
Mais le progrès sans fin, voilà quel est son Dieu.

Ainsi donc, si j'en crois vos étranges doctrines,
  Philosophes , libres-penseurs,
Votre dieu du progrès c'est le dieu des ruines ,
  Le patron des démolisseurs !

Il change pour changer ! Il détruit pour détruire !
Sa substance est semblable à l'eau des flots mouvants,
Qui s'agite sans cesse et qu'on voit se produire
Sous mille aspects divers au gré de tous les vents !

Ah ! ne me vantez plus ce dieu, ce vrai Protée,
Qu'on ne saurait saisir , qu'on ne peut qu'entrevoir,
Un dieu qui fuit toujours loin de notre portée
  N'est que le dieu du désespoir !

O partisans du doute ou du fier syllogisme,
Qui tout en la cherchant craignez la vérité,
Puissiez-vous de vos cœurs bannir la vanité
     Et des fils du catholicisme
     Recouvrer la simplicité !
Paraisse devant vous l'enfant du catéchisme ;
Mieux que vous il saura ce progrès tant vanté !...

Aux docteurs de la loi, tel notre divin Maître,
A l'âge de douze ans, jadis, voulut paraître.
Douze ans, quel âge heureux ! L'année a douze mois,
Et Jésus les parcourt pour la douzième fois !
Pour nous et pour Jésus c'est un flux que la vie.
C'est, d'étape en étape, une marche suivie.
Nous passons, il passait ; nous sommes dans le temps,
Quiconque y met le pied court d'instants en instants,
Croître en allant au but, jusque dans la mort même,
Du progrès, ici-bas, telle est la loi suprême.
Le corps est emporté d'un double mouvement ;
Il grandit, il se meurt, mais son abaissement
Fait monter vers le ciel le plateau de notre âme.
Du bûcher qui s'éteint vole une belle flamme.
L'esprit, comme un ballon qui s'élance dans l'air,
Pour s'élever à Dieu rompt ses liens de chair.
Dieu seul est immuable en sa béatitude,
De l'être et de la vie il a la plénitude.
Que fait le cours du temps à qui ne change point ?
Passé, présent, futur, pour Dieu ce n'est qu'un point ;
Mais la vie aux mortels arrive goutte à goutte.
Ce n'est que pas à pas que nous suivons la route.

Nos destins sont pareils aux destins des ormeaux ;
La sève passe en nous comme dans les rameaux.
Une mère en son sein neuf longs mois nous enferme.
Nous naissons, nous croissons comme tout autre germe,
Et nous mourons, hélas ! après bien peu de temps,
Sans avoir pu compter même une fois cent ans !
Nous, les prêtres, les rois de toute la nature,
Nous durons en ces lieux moins que l'arbre ne dure.
Faut-il donc que le roi porte envie aux sujets !
Mais laissons leur durée aux arbres des forêts ;
L'homme vit, il le sent ; or, si dans sa demeure,
Seul il a la raison, il vit plus dans une heure
Que le cèdre en mille ans, et les monts et les mers
Et tous ces vieux soleils et tout cet univers !
Que mon corps soit d'un nain ou d'un géant sublime,
Qu'importe à la vertu ? Qu'importe pour le crime ?
Le principal progrès n'est point celui du corps.
Le dedans, avant tout ; ensuite, le dehors.
Entre le corps et l'âme il faut pleine harmonie.
Alors tout est progrès, santé, vertu, génie.
Ainsi, selon saint Luc, notre aimable Sauveur
Savait grandir en âge, en sagesse, en faveur,
Devant Dieu dans le ciel et les hommes sur terre.
Le Messie a douze ans, ô le touchant mystère !
O charmant idéal de toute sainteté !
O type souverain de notre humanité !

     C'est le progrès en personne,
     Plein de sagesse et d'ardeur ;
     Son frais visage rayonne

D'avenir et de grandeur.
Jésus la force suprême
Est aussi la douceur même ;
En lui tout est mesuré.
Sans regarder en arrière,
Il marche dans la carrière,
D'un pas lent, mais assuré.

Dissipant la nuit immonde,
Lui, la lumière des cieux,
Par degrés, sur ce bas monde,
Il veut briller à nos yeux.
Lui, la science incarnée,
Il veut d'année en année
Manifester son savoir ;
De plus en plus du nuage,
Comme l'astre il se dégage ;
Puis on pourra tout le voir.

Mais qui le reconnaît, quand de la cité sainte,
Pour la fête pascale, il visite l'enceinte ?
« Même des siens, hélas ! le Verbe est méconnu.
« Il brille dans la nuit, la nuit ne l'a point vu. »
Suivez ce peuple entier, religieuse foule,
Qui, par tous les chemins, à son retour, s'écoule :
Sans doute on leur a dit à haute et claire voix :
« Le Christ, en vérité, n'est pas loin cette fois ;
« Les temps vont s'accomplir... qu'il se hâte, qu'il
« Apporter le salut à la nature humaine ! »   [vienne]
Et tous vers le Messie auront levé les yeux,
Et maintenant chez soi chacun s'en va joyeux ;

Mais nul n'aura pensé que ce puissant Messie,
Que cet unique objet de toute prophétie
Fût présent à la Pâque et sous des traits d'enfant.
Beaucoup auront rêvé qu'un prince triomphant
Allait aux pieds des Juifs mettre la terre entière.
C'est un libre-penseur, aussi, que le vulgaire.
S'il se laisse égarer, du moins il est un point
Sur lequel d'habitude il ne se trompe point.
Ce point c'est l'intérêt. Voilà, voilà le centre
Duquel pour lui tout sort et vers lequel tout rentre.
Quiconque veut lui plaire, et vous le savez bien,
Philosophes du jour, lui plaît par ce moyen.
Donc, loin de l'Enfant-Dieu l'obscure multitude
Devait porter ses soins et toute son étude,
Et son regard distrait ne vit point le Sauveur.
Le regard ne voit bien que ce que veut le cœur.
Faut-il s'en étonner quand Marie elle-même,
Qui chérissait son fils d'une tendresse extrême,
Un jour entier marcha, sans souci de Jésus,
Le croyant avec ceux qui d'elle étaient connus ?
Mais ces savants docteurs qui tous les jours au temple
Donnaient au peuple juif la doctrine et l'exemple,
Eux, du moins, ils sauront quel est l'Enfant divin,..
Le Verbe devant eux parlera-t-il en vain ?
Paix ! silence ! Celui qu'annonçaient les prophètes
Vient trouver de la loi les doctes interprètes...
Assis au milieu d'eux, avec calme il répond,..
Il les presse à son tour !... c'est lui qui les confond !
Ils restent étonnés !.., un enfant est leur maître !...
Eux qui prêchent le Christ, vont-ils le reconnaître ?

Oh ! comme en ce moment sur le front de Jésus
Éclate le reflet de toutes les vertus !
Quelle grâce divine embellit sa personne !
L'auréole d'un Dieu sur sa tête rayonne !
Il parle, et c'est l'Esprit qui parle par sa voix !
Docteurs, qu'attendez-vous ?... Est-ce lui cette fois ?...
Ils se taisent !... Quelle ombre obscurcit leur pensée ?
Leurs yeux sont comme éteints et leur langue est glacée !

Je ne puis , en voyant ces aveugles docteurs,
Ne pas leur comparer tous nos libres-penseurs,
Chercheurs du Dieu-progrès, pleins d'orgueil, d'égoïsme,
Que confondrait vingt fois l'enfant du catéchisme...
En place de Jésus posons donc devant eux
L'un de ces chers petits, tout simple, tout honteux,
Tel que nous le trouvons tout près de la nature,
Chez des parents voués aux soins de la culture,
Pâtres ou laboureurs: en un mot, paysans,
A la Saint-Jean prochaine , il comptera douze ans,
Et, comme sa leçon fut toujours bien apprise,
Qu'il fut toujours bien sage et pieux à l'église,
Il aura le bonheur, pour la première fois,
De recevoir le Dieu qui mourut sur la croix.
— Voyons, petit ami, ces Messieurs, pour t'entendre
A l'église, en ce jour, ont bien voulu se rendre ;
Ils cherchent le progrès, dis si tu l'as trouvé...
Mais d'abord, ce matin, lorsque tu t'es levé,
As-tu bien, à genoux, récité ta prière ?   [guère !...
— Prier ! l'homme des champs, Messieurs, n'y manque
— Bien... Maintenant dis-nous qui t'a mis en ces lieux,

D'où viennent l'ange, l'homme, et la terre et les cieux ?

— Dieu seul a tout créé de rien par sa parole.

— Oui, l'un des premiers points marqués dans le symbole
Marque aussi du progrès le vrai point de départ.
D'après le Livre saint, Dieu créa l'homme à part,
Formant le corps de terre et lui soufflant une âme,
De même qu'au foyer l'on fait naître la flamme.
Adam, c'était son nom, fut créé d'un seul jet,
Adulte, intelligent, libre : en un mot, complet ;
Puis, placé dans l'Éden, en roi de la nature,
Il devait, en régnant sur toute créature,
Lui-même servir Dieu, rapporter tout à lui,
Croître !... car progresser, alors, comme aujourd'hui,
De l'homme voyageur était toute l'étude.
C'est le progrès qui mène à la béatitude.
Seulement, plus heureux était le premier sort ;
L'homme arrivait au but sans passer par la mort.
Mais toi-même, dis-nous, enfant, s'il fut fidèle,
Ou si, pour son malheur, il se montra rebelle.
Dans le beau paradis, resta-t-il innocent ?

— Oh ! non, il fut ingrat et désobéissant.
Il trahit le bon Dieu pour manger une pomme !

— Mais, après le péché, que fit donc Dieu pour l'homme ?

— Dieu, nous voyant déchus, voulut nous relever ;
Il envoya son Fils afin de nous sauver.

— C'est assez, cher enfant, tu peux partir tranquille.
Et vous, penseurs, sachez ce que dit l'Évangile :
« Aux petits Dieu fait voir ses secrets merveilleux ;
« Tandis qu'il les dérobe aux sages orgueilleux. »
Ce n'est pas l'œil perdu dans les brouillards du doute

Que l'on peut du progrès reconnaître la route,
Il faut d'abord fixer le vrai point de départ
Et le vrai but; sinon la route est un écart.

Ce départ, l'enfant le révèle
En disant : L'homme fut pécheur ;
Mais le Seigneur à ce rebelle
A donné son Fils pour Sauveur.
Ce but, l'enfant le montre encore,
Car, en ce Jésus que j'adore,
Je trouve ma suprême fin.
Ainsi, le départ c'est l'abîme ;
Le vrai but la céleste cime;
Les pas de Jésus le chemin.

O charmante, ô divine école
Que celle des petits enfants !
L'âme y recueille une parole
Plus savante que les savants,
Et cela sans dur syllogisme ;
Car, pour l'enfant du catéchisme,
La science coule à pleins bords.
De sa lèvre ouverte sans peine,
Comme du bord d'une fontaine,
Elle s'épanche sans efforts.

On préfère un beau paysage
Où l'art humain n'a point passé,
Où de la nature sauvage
Le charme n'est point effacé.
Je préfère ainsi la doctrine

Sortant d'une bouche enfantine
Dans toute sa naïveté ;
Sur les lèvres de l'innocence
La vérité garde, je pense,
Ou jamais, sa virginité.

L'âme, pour un fils d'Hippocrate
Qui ne veut croire qu'au scalpel,
N'est qu'une fibre délicate,
Qu'un principe matériel...
Mais, près de la sainte piscine,
Que l'humble enfant qui s'examine
Est un psychologue avancé !
Comme il a de la conscience
Une précoce expérience !
Qu'il a l'œil de l'âme exercé !

Sa science sans analyse
Est le fruit de l'enseignement ;
Sa voix est la voix de l'Église,
Qu'il répète fidèlement ;
Ce qu'il redit, c'est ce symbole,
Dont chaque point, chaque parole
Est l'oracle du Saint-Esprit.
Oui, ce petit de l'Évangile,
A lui seul il vaut un concile !
Il est un autre Jésus-Christ !

Quand Jésus était sur la terre,
La Vérité, c'était Jésus ;
Eh bien ! cet auguste mystère

Ne se renouvelle-t-il plus ?

A l'enfant Jésus s'incorpore,

La Vérité s'incarne encore,

C'est toujours le Christ à douze ans !...

... S'il est un beau jour dans la vie,

C'est lorsque, dans la sainte hostie,

Dieu se donne aux petits enfants !

O jour trois fois heureux, jour trois fois mémorable,

Où le Dieu des petits les admet à sa table;

Où de jeunes chrétiens, déjà les fils de Dieu,

D'être toujours à lui renouvellent le vœu;

Où, non contents d'avoir Dieu même pour leur père,

Ils choisissent encor la Vierge pour leur mère !...

D'un jour si solennel, si touchant et si beau,

Que ne puis-je à ces vers ajouter le tableau !

Que ne puis-je, au moyen du pinceau, de la lyre,

Minute par minute, en chantant, le décrire !

Remontant volontiers les cordes de ma voix ;

Et chargeant ma palette une seconde fois,

Je dirais du grand jour l'aurore désirée,

Lançant ses rayons d'or dans la voûte azurée;

Je dirais de l'airain les tintements joyeux,

Des ministres sacrés l'empressement pieux,

Les longs vêtements blancs de la petite fille,

La croix qui sur son sein comme une étoile brille,

Les flambeaux odorants faits du baume des fleurs,

Symboles à la fois des esprits et des cœurs,

Les saints discours, les chants doucement pathétiques,

L'orgue mélodieux; les moments extatiques,

Surtout l'heureux moment où, palpitants d'amour,
Les petits à leur Dieu s'unissent tour à tour.
Moment digne du ciel, quoique fait pour la terre,
Où l'homme et son auteur, ineffable mystère !
Se donnent l'un à l'autre en un même aliment ;
Car ce n'est plus du pain que le Saint-Sacrement ,
C'est le Verbe incarné, le vrai Verbe de vie ;
Et sous un double aspect le prodige ayant lieu,
De mon côté je passe, à ma manière , en Dieu !

Oh ! d'une double vie admirable mélange,
Qui rend l'humble mortel supérieur à l'ange,
Fait descendre le Dieu de l'incarnation
Jusqu'au dernier degré de la création,
Et remonter par lui jusqu'au céleste dôme
Les êtres les plus nuls, l'imperceptible atome !...
Du dernier grain de sable à l'être créateur !...
Quel chemin lumineux que le médiateur !
Donc, libres ignorants, philosophes du doute,
Saviez-vous du progrès la véritable route ?
Revenez, revenez à la foi des enfants,
Et dès lors vers le but vous irez triomphants,
Jésus vous le promet par ces mots admirables ;
« Le ciel est aux petits ou bien à leurs semblables. »

„ *Ego sum via, veritas et vita... Nemo venit ad Patrem nisi per me.*

C'est moi qui suis la voie, la vérité et la vie... On ne parvient au Père que par moi. S. JEAN, XIV, 6.

LE BAPTÊME DE JÉSUS-CHRIST

ou

L'ESPRIT DE PÉNITENCE.

Tunc venit Jesus a Galilæa in Jordanem ad Joannem ut baptizaretur ab eo.

Joannes autem prohibebat eum, dicens : Ego a te debeo baptizari, et tu venis ad me?

Respondens autem Jesus, dixit ei : Sine modo, sic enim decet nos implere omnem justitiam. Tunc dimisit eum.

Baptizatus autem Jesus, confestim ascendit de aqua et ecce aperti sunt ei cæli : et vidit Spiritum Dei descendentem sicut columbam et venientem super se.

Et ecce vox de cælis dicens : Hic est Filius meus dilectus, in quo mihi complacui.   Matth. III, 13 et seq.

Alors Jésus vint de Galilée au Jourdain trouver Jean, pour être baptisé par lui. Mais Jean s'en défendait, en disant : C'est moi qui dois être baptisé par vous, et vous venez à moi ? — Et Jésus lui répondit : Laissez-moi faire pour cette heure ; car c'est ainsi qu'il faut que nous accomplissions toute justice. Alors Jean ne lui résista plus. Or Jésus, ayant été baptisé, sortit aussitôt de l'eau, et en même temps les cieux lui furent ouverts, et il vit l'Esprit de Dieu qui descendit en forme de colombe, et qui vint sur lui ; et au même instant une voix se fit entendre du ciel, qui disait : Celui-ci est mon Fils bien-aimé, en qui j'ai mis toutes mes complaisances.   S. Matth. III, 13 et suiv.

LE BAPTÊME DE JÉSUS-CHRIST

ou

L'ESPRIT DE PÉNITENCE.

—————

Le globe est animé... son vaste sein travaille...
De froid ou de chaleur la nature tressaille
Sous l'haleine du Nord ou celle du Midi.
De glace, dans l'hiver, la campagne se couvre;
Mais la glèbe, au printemps, s'amollit et se rouvre
      Sous le vent attiédi.

L'air est aussi chassé du couchant à l'aurore;
Et les points cardinaux se nuançant encore,
Tu fleuris dans le ciel, fraîche rose des vents.
Les airs sont un fluide, ainsi que l'onde amère;
Mais, plus que ceux des eaux, les flots de l'atmosphère
      Sont légers et mouvants.

Ils forment, dans leur course au-dessus de nos têtes,
Tour à tour les zéphyrs, l'aquilon, les tempêtes;
Ils sont du globe ému la respiration,
Ils sont à l'univers ce qu'au corps est notre âme.
Dieu les fit pour semer le froid, l'onde ou la flamme
      Dans la création.

5·

Selon les divers lieux, vallons, coteaux, montagnes,
Forêts, océans, lacs, îles, déserts, campagnes,
Les vents sont plus ou moins calmes ou violents,
Saturés de parfums ou vibrants d'harmonie,
Stériles ou chargés du pollen de la vie,
  Humides ou brûlants.

Ils suivent les saisons et leurs vicissitudes,
Doux, tièdes au printemps ; dans l'hiver froids et rudes,
Ardents pendant l'été ; dans l'automne moins chauds ;
Ici germe la fleur sous les molles haleines,
Là l'épi sous la brise ondule sur les plaines,
  Comme ondulent les flots.

De ces souffles divers une âme se dégage,
Ame de la nature et de notre âme image :
Tout ce qui la respire est gracieux et fort.
Mais, sans elle, malheur !... malheur au jeune arbuste !
Que dis-je, malheur même au chêne si robuste ?
  Il se meurt, il est mort !

Alors le vent de vie a changé de nature ;
C'est le vent de l'automne enlevant leur parure
Aux taillis, aux jardins, aux ormeaux, aux tilleuls ;
C'est du vent des tombeaux l'haleine meurtrière
Qui, soufflant sur nos corps voués à la poussière,
  Les couche en leurs linceuls.

  Or, maintenant à l'âme humaine
  Passons de ce monde des corps ;
  Nous n'aurons que changé la scène

Et renouvelé les décors.
Notre âme, c'est un autre monde
Dont l'atmosphère est plus profonde
Et plus subtile que les airs.
Les spectacles seront les mêmes;
Car l'âme, en de grossiers emblèmes,
Se reflétait sur l'univers.

Tous les vents et tous les orages
De ces infimes régions
Ne sont que de faibles images
De l'âme et de ses passions.
En nous que de courants d'idées !
Que de passions débridées !
Que de désirs impétueux !
Que de velléités changeantes !
Que de souffrances déchirantes !
Que de soupirs voluptueux !

Tour à tour la pensée humaine,
Lasse de voler près du sol,
Cherche l'atmosphère sereine
Où des anges plane le vol;
Et tour à tour fuyant son centre,
Au monde des corps elle rentre,
Cherchant ici-bas son bonheur.
Elle est une amante insensée,
Qui d'amour se sentant pressée,
Ne sait à qui donner son cœur.

Mais selon qu'elle aime le vice,
Les plaisirs vils et libertins,
Ou la vertu, le sacrifice,
Bien différents sont ses destins.
L'âme, de vertus couronnée,
Goûte une heureuse destinée,
Dieu récompense ses efforts,
Mais l'âme de crimes vêtue,
Mais l'âme vile et corrompue
Ne peut goûter que le remords.

Tel est le sort de chaque vie,
Et tel celui des nations.
Dans l'humanité réunie,
C'est toujours mêmes passions,
Toujours mêmes élans des âmes,
Ou vers les voluptés infâmes,
Ou vers les exploits glorieux,
Vers les vertus ou vers les crimes,
Vers les monts ou vers les abîmes,
Vers l'enfer ou bien vers les cieux.

Les siècles même dans leur marche
Paraissent conduits par les vents.
L'humanité, c'est toujours l'arche
Abandonnée aux flots mouvants...
Quels vents soufflèrent sur Sodome,
Sur Babylone, Athènes, Rome,
A des intervalles divers...
Vents d'orgueil, d'affreuses délices,

Qui rendaient les hommes complices
Et jouets du roi des enfers !

Hélas ! bien peu la pénitence
Souffla sur les vieilles cités,
Pourtant, de distance en distance,
Des exemples nous sont cités :
« Quarante jours, ô Ninivites,
« Et vos murailles sont détruites »,
Cria le prophète Jonas.
Et les Ninivites jeûnèrent,
Et par le jeûne ils échappèrent
Tant aux ruines qu'au trépas.

Heureuse la cité que brise
Le souvenir de ses forfaits ;
Dieu permet qu'elle reste assise
Dans l'abondance et dans la paix.
Ninive eût été renversée
Si, par le repentir pressée,
Elle n'eût renversé ses mœurs,
Dieu ne détruit point les murailles
Quand, par le jeûne des entrailles,
Les peuples réparent leurs cœurs.

Mais l'heure va sonner où sur la terre entière,
La voix du repentir, le jeûne, la prière
Des peuples menacés changeront le destin.
Déjà Jérusalem, comme une autre Ninive,
Suit un autre Jonas qui prêche sur la rive
       Du fleuve du Jourdain.

O spectacle inouï dans le siècle où nous sommes!
Où vont-ils? où vont donc ces flots, ces courants d'hommes
Qui sortent de la ville et des lieux d'alentour?
Quel attrait pour le monde a donc la solitude?
Est-ce dans le désert que l'on va, d'habitude,
      Aux rois faire sa cour?

Est-ce là que l'orgueil, le plaisir, la richesse,
La pompe des grands jours, le luxe, la mollesse
Font chatoyer aux yeux leurs charmes séducteurs?
Non, l'attrait du désert, c'est la vaste étendue;
C'est le profond silence et la paix descendue
      Des célestes hauteurs.

Et celui dont la voix attire ainsi la foule,
Sur les tranquilles bords où ton doux fleuve coule,
Est-il, Jérusalem, le vain jouet de l'air?
Est-ce un roseau?... Non, non, Jean porte bien sa tête,
Et vous ne verrez pas l'aile de la tempête
      Plier son cou de fer.

Oh! ce n'est point aux bons que sa parole est dure,
Dure comme le miel qu'il prend en nourriture
Ou comme le cilice attaché sur ses reins;
Mais, vous aussi, venez, Pharisiens superbes;
En face, il vous dira les mots les plus acerbes,
      Avec des yeux sereins.

Jean, de son divin Maître annonçant la présence,
Veut faire entendre à tous le mot de pénitence.
Par avance, la Croix est déjà son drapeau.
« Préparez les sentiers où doit passer mon Maître;

« Aplanissez vos cœurs, il vient : il va paraître.
     « Voici, voici l'Agneau. »

Et comme les blés murs ondulant sous la brise,
Tous pliaient à la voix de saint Jean qui baptise.
Il baptisait dans l'eau ; bientôt le Fils de Dieu
Allait rebaptiser dans l'esprit et le feu.
Mais déjà le voici qui réclame lui-même
Le baptême de Jean, du sien le froid emblème.
— O Jésus ! non, jamais !... moi, vous baptiser ! moi !...
— Laissez, reprend Jésus, c'est l'ordre, c'est la loi.
O combat tout nouveau ! l'auteur de la nature
Lutte d'abaissement avec sa créature !
Et celui qui disait : « Un autre est parmi vous,
« Dont je n'oserais pas, tombant à ses genoux,
« Délier la chaussure, au terme du voyage »,
Veut bien enfin, debout sur le bord du rivage,
Sa coquille à la main, le corps un peu penché,
Verser l'eau pénitente à qui n'a point péché,
Au Sauveur descendu dans le courant de l'onde
Et dont il fait pleurer la chevelure blonde.
Spectacle attendrissant, sublime, gracieux,
Qui tire malgré moi des larmes de mes yeux !
O Jésus, est-ce à vous, vous l'innocence même,
A subir des pécheurs l'humiliant baptême ?
Si le mal est en vous, nous seuls l'avons commis.
Ah ! sur vous, je conçois, ce mal vous l'avez pris.
L'eau de votre baptême est l'amoureuse flamme
Qui, brûlant le péché sur l'autel de votre âme,
Fait s'exhaler aussi de votre divin cœur

Ces soupirs, ces regrets qui, tels qu'une vapeur
Au contact d'un air froid un moment exposée,
Pleuvent sur votre front en gouttes de rosée !...
Mais Jésus, essuyant ces pleurs de son amour,
Symbole du sang pur qu'il doit verser un jour,
Pour un autre baptême, en son grand sacrifice,
A peine est remonté de l'eau réparatrice,
Tout à coup son regard s'élevant dans les airs
Au-dessus de sa tête il voit les cieux ouverts...
Sous forme de colombe, il voit, il voit descendre
L'Esprit-Saint... Une voix alors se fait entendre,
Qui disait : C'est mon Fils unique et bien-aimé,
Dont mon regard toujours fut et sera charmé.

Salut, Esprit divin, toi dont l'aile féconde,
Couvant le noir chaos, en fit sortir le monde,
De tant d'êtres divers ce tout harmonieux ;
Toi dont l'aile, sans cesse, en son essor immense,
Et s'ouvre et se referme et conduit en cadence
     Les astres dans les cieux !

D'en haut, ton vol produit ces légères haleines
Sur l'herbe de nos prés et l'épi de nos plaines ;
Ces souffles caressants qui raniment nos corps,
Qui font à l'univers une âme qui soupire,
Qui font vibrer partout les cordes d'une lyre
     Aux sublimes accords.

Viens, Esprit créateur, viens surtout dans nos âmes ;
Viens, viens les féconder de tes divines flammes,
Viens mettre l'harmonie en cet autre chaos,

En nous contre le bien le mal lève la tête,
Le désordre est au comble... Ah! calme la tempête,
     Plane encor sur les eaux.

Notre siècle a péché; mais hélas! il ignore
Par quel vent la vertu peut lui venir encore.
Il a livré son âme au souffle de l'orgueil.
Il craint l'humilité, plus encor la souffrance.
Viens enfler notre voile, Esprit de pénitence;
     Sauve-nous de l'écueil.

L'humanité, sans toi, douce et chaste colombe,
Retournerait bien vite au chaos de la tombe...
Rome était un déluge et de boue et de sang...
Alors, tu pris ton vol, et d'un essor rapide
Tu courus, pour Noé, cueillir en Thébaïde
     Le brin d'olivier franc.

L'arche du genre humain toucha le Capitole,
Brisant de Jupiter la gigantesque idole
Dont les flots abaissés roulèrent les morceaux...
Dès lors, selon l'esprit des premiers solitaires,
L'Occident vit partout fleurir les monastères,
     Chez les peuples nouveaux.

Or, la chair a repris tous ses instincts farouches.
Ce n'est pas assez d'une, il lui faudrait dix bouches.
Asservir tout au corps est la loi du progrès.
Horreur du vide, horreur de la croix et des larmes!
L'intérêt, le plaisir ont seuls pour nous des charmes.
     Qui songe à ses forfaits?

Qu'elle est belle pourtant, qu'elle est harmonieuse,
L'âme qui s'humilie et redevient pieuse !
Tel est, après l'hiver, du printemps le retour.
La tourterelle, alors, gémit sous le feuillage,
Mais tout en gémissant elle a dans son ramage
        L'espérance et l'amour.

... Sed ipse Spiritus postulat pro nobis gemitibus inenarra-
bilibus. ROM. VIII, 26.

Emittes Spiritum tuum et creabuntur et renovabis faciem
terræ.

TENTATION

DE JÉSUS-CHRIST DANS LE DÉSERT

ou

LA GRANDE BATAILLE DE LA VIE.

Tunc Jesus ductus est in desertum a Spiritu ut tentaretur a Diabolo. Et cum jejunasset quadraginta diebus et quadraginta noctibus, postea esuriit. Et accedens tentator dixit ei : Si Filius Dei es, dic ut lapides isti panes fiant. Qui respondens dixit : Scriptum est : Non in solo pane vivit homo, sed in omni verbo, quod procedit de ore Dei. Tunc assumpsit eum diabolus in sanctam civitatem et statuit eum super pinnaculum templi. Et dixit ei : Si Filius Dei es, mitte te deorsum. Scriptum est enim : Quia Angelis suis mandavit de te, et in manibus tollent te, ne forte offendas ad lapidem pedem tuum. Ait illi Jesus : Rursum scriptum est : Non tentabis Dominum Deum tuum. Iterum assumpsit eum diabolus in montem excelsum valde ; et ostendit ei omnia regna mundi, et gloriam eorum. Et dixit ei : Hæc omnia tibi dabo, si cadens, adoraveris me. Tunc dixit ei Jesus : Vade Satana. Scriptum est enim : Dominum tuum adorabis, et illi soli servies. Tunc reliquit eum diabolus ; et ecce angeli accesserunt, et ministrabant ei. MATTH. IV, 1-12.

Jésus fut conduit par l'Esprit dans le désert, pour y être tenté par le démon. Et après y avoir jeûné pendant quarante jours et quarante nuits, il eut faim. Et le tentateur, s'approchant, lui dit : Si vous êtes le Fils de Dieu, ordonnez que ces pierres deviennent des pains. Jésus lui répondit : Il est écrit : L'homme ne vit pas seulement de pain, mais de toute parole qui sort de la bouche de Dieu. Alors le démon le transporta dans la ville sainte, et, l'ayant placé sur le haut du Temple, il lui dit : Si vous êtes le Fils de Dieu, jetez-vous en bas ; car il est écrit : Il a commandé à ses Anges de veiller sur vous, et ils vous porteront entre leurs mains, de peur que vous ne heurtiez votre pied contre la pierre. Jésus lui répondit : Il est encore écrit : Vous ne tenterez pas le Seigneur votre Dieu. Le démon le transporta encore sur une montagne très-élevée, et, lui montrant de là tous les royaumes du monde avec toute leur gloire, il lui dit : Je vous donnerai tout cela si, en vous prosternant, vous m'adorez. Mais Jésus lui dit : Retire-toi, Satan ; car il est écrit : Vous adorerez le Seigneur votre Dieu, et vous ne servirez que lui seul. Alors le démon s'éloigna, et aussitôt les Anges s'approchèrent, et le servaient. S. MATTH. IV, 1-12.

TENTATION DE JÉSUS-CHRIST DANS LE DÉSERT

ou

LA GRANDE BATAILLE DE LA VIE.

L'empire du fini n'est qu'une vaste arène
Où tout être borné combat ce qui le gêne.
Nul gant ne reste à terre en ce brillant tournoi.
Toute vie a d'un monde et la sphère et le centre ;
Chacun, pour empêcher que l'ennemi ne rentre,
    Défend la porte de chez soi.

Au delà des confins du temps et de l'espace,
D'aucun rival Dieu seul ne redoute l'audace.
Il est l'Être éternel, immense, tout-puissant ;
Il est l'unité même et l'ordre et l'harmonie.
La paix du sein de Dieu ne peut être bannie ;
    Et c'est de là qu'elle descend.

Mais, dès l'éternité, Dieu voyait dans son Verbe,
Depuis le séraphin jusqu'au moindre brin d'herbe,
Tous les êtres futurs, comme en un pur cristal...
Ils étaient là, féconds, prêts à voir la lumière ;
Rivaux impatients de franchir la barrière,
    Ils n'attendaient que le signal.

Or, tout sort du néant, de plus ; chaque être libre
Peut rompre, pour sa part, le commun équilibre.
Ah ! si Dieu de chacun guidait toujours l'essor !...
Que son œuvre pourtant lui soit ou non rebelle,
Dieu peut-il abdiquer son domaine sur elle ?...
   La Providence règne encor !

Mais du combat partout l'étendard se déploie,
Et ce n'est qu'en luttant qu'on se tient dans la voie.
Rien n'arrive à sa fin sans avoir combattu.
Vaincre ou mourir, hélas ! c'est la devise unique !
Et tout être est pareil à ce héros antique
   Entre le vice et la vertu.

Regardez dans les cieux : quelles sont ces phalanges ?...
Ce premier des combats, c'est le combat des anges.
Contre son Créateur s'est levé Lucifer,
Mais Michel apparaît : Qui donc à Dieu ressemble?
Dit-il, et les démons, foudroyés tous ensemble,
   Sont précipités dans l'enfer.

Abaissez, maintenant, vos yeux vers la nature :
Comme Paul vous verrez que toute créature
« Exhale des soupirs, est dans l'enfantement » ;
Qu'il en est de ce monde ainsi que des poëmes
Où l'art fait ressortir, par le choc des extrêmes,
   Tous les objets plus vivement.

L'horreur des nuits fait ombre à la douce lumière,
Du liquide élément les rocs sont la barrière,
L'arbre de l'aquilon doit soutenir l'effort,

Le loup mange l'agneau ; l'épervier, la colombe ,
Le corps humain lui-même est jeté dans la tombe
  Par un coup d'aile de la mort.

   Ainsi, sur la terre,
   Tous les éléments
   Se livrent la guerre
   A tous les moments.
   Que dire de l'âme !
   Cet esprit de flamme,
   Qui tend vers le ciel?
   Serait-il à l'aise
   Dans un corps de glaise
   Tout matériel ?

   L'âme au corps unie
   Par un doux hymen
   Fut en harmonie,
   D'abord, dans l'Éden ;
   Mais un joug de force
   Dispose au divorce.
   La paix, c'est l'amour :
   L'âme à Dieu rebelle
   Rendit infidèle
   Le corps à son tour.

Eh ! qui ne sent en soi cette double tendance,
Ce combat de la chair contre l'intelligence,
Ces sublimes transports vers Dieu, vers les vrais biens,
Puis ces réactions contre la loi première,
Ces ignobles retours vers l'infime matière
  Sous le poids des charnels liens ?

Hélas ! pourquoi faut-il que l'homme, de lui-même,
Se soit, l'infortuné ! sevré du bien suprême,
Ait choisi le chemin qui conduit à la mort !
O de la liberté funeste privilége !
Ou plutôt soit maudit Lucifer dont le piége
       Nous a ravi notre heureux sort !

Il ne put contempler sans rage, sans envie
Nos deux premiers parents au banquet de la vie,
Savourant les douceurs du céleste jardin...
Sous les traits du serpent, il se glisse près d'Ève,
Et dans un beau discours dont le charme l'enlève,
       Lui propose un autre festin,

Mais, ô femme, ce fruit de l'arbre de sciense,
Le cueillir, c'est de Dieu violer la défense,
C'est encourir la mort, s'exposer à l'enfer !
Ah ! fais du bon côté pencher ton libre arbitre !
Lequel à ton amour a le plus juste titre,
       Ou le Seigneur ou Lucifer ?

Funeste trahison ! Ève goûte la pomme !
Adam la goûte !... Et Dieu laisse tomber sur l'homme
Le glaive de la loi d'avance suspendu.
Satan triomphe en nous, à moins que le Messie
Ne vienne, Dieu fait chair, un jour rendre la vie
       Au genre humain perdu.

     O justice, ô miséricorde,
     Dieu semblait n'avoir qu'à punir,
     Et voilà qu'à l'homme il accorde

La liberté du repentir !
Est-ce tout ? Non. L'homme coupable
De satisfaire est incapable :
Dieu lui promet un Rédempteur.
O Satan, modère ta joie,
Tu ne tiens pas encore ta proie :
Elle peut rester au Seigneur.

Pourtant la divine menace
Aura son accomplissement.
Devant le glaive qui le chasse,
Le couple s'en va tristement.
La terre a perdu ses délices.
Au milieu des vertus les vices
Ont germé dans le cœur humain.
Adam, Adam, vite à l'ouvrage ;
A la sueur de ton visage,
Il te faudra gagner ton pain.

Ève, quand tu deviendras mère,
Ces fils, engendrés de ton sang,
Dans des flots de douleur amère,
Tu les verseras de ton flanc.
Comme deux fleuves dont la source
Serait une, double la course,
Ils iront de chaque côté :
Toujours mêlés, toujours en guerre,
Ils seront unis sur la terre,
Séparés dans l'éternité.

8"

Ainsi que dans les mêmes âmes
Les plus admirables vertus
Sont avec les vices infâmes
Mêlés sans être confondus ;
Ainsi, dans l'humaine famille,
Près du vice la vertu brille :
C'est partout la nuit et le jour ;
Partout le chaos, l'harmonie ;
C'est partout la mort et la vie ;
C'est partout la haine et l'amour.

Caïn massacre Abel son frère :
Fils d'Abel et fils de Caïn
Seront toujours d'humeur contraire
Du commencement à la fin.
L'humanité, c'est deux athlètes
Déployant leurs forces complètes,
Luttant, se prenant corps à corps ;
Leurs bras vigoureux s'entrelacent ;
Leurs pieds se croisent, se déplacent :
Point de victoire, vains efforts !

Vains efforts ! Qu'ai-je dit ? Comment ! point de victoire ?
Est-ce qu'on n'entend plus retentir dans le ciel
Ce cri de l'archange Michel :
Qui donc ressemble à Dieu, pour disputer sa gloire ?...
O Satan, à Jésus tu lances le cartel !
Esprit d'erreur, veux-tu m'en croire ?
Ne va pas provoquer ce rival en duel !...
Mais le voici qui vient, il entend ton appel...
Du combat maintenant quelle sera l'histoire ?

Elle est dans l'Évangile; écoutons saint Matthieu :

« Alors, dans le désert, fut par l'Esprit de Dieu
« Conduit le doux Sauveur pour être, seul, en butte
« Aux assauts de Satan, le démon de la lutte.
« Après qu'il eut jeûné quarante jours durant,
« Sans excepter les nuits, la faim le dévorant,
« Il voit le tentateur qui, d'une voix rusée,
« L'attaque par ces mots : Si ce n'est par risée,
« Qu'on te dit Fils de Dieu, de l'Être souverain,
« Commande à ces rochers de devenir de pain.
« — Le pain (Jésus réplique en citant l'Écriture)
« N'est pas seul des humains toute la nourriture;
« Que Dieu, pour les nourrir, nomme un autre élément
« Et l'homme y trouvera soudain son aliment.
« Alors, Satan l'enlève ainsi que par miracle,
« Sur la ville et le temple, et le pose au pinacle :
« — Fils de Dieu, lui dit-il (l'es-tu, ne l'es-tu pas?),
« Si tu l'es, ne crains point de te jeter en bas.
« N'est-il donc pas écrit que ses anges fidèles,
« Dans tes sentiers divers, te prendront sous leurs ailes;
« Pour affermir ton pied, te donneront la main,
« De peur qu'il ne se blesse aux cailloux du chemin?
« — Il est, répond Jésus, il est écrit de même :
« Tu ne tenteras point ton Dieu, le Dieu suprême.
« Une seconde fois par l'esprit réprouvé,
« L'Homme-Dieu dans les airs consent d'être enlevé.
« Satan parmi les monts cherche le plus sublime.
« Il y pose Jésus sur la plus haute cime;
« Et de là lui montrant les royaumes divers,

« Leur gloire, les trésors de la terre et des mers :
« Tout cela, lui dit-il, sera ton héritage,
« Si, tombant à mes pieds, tu veux me rendre hommage.
« — Non, non, reprend Jésus, Satan, retire-toi.
« Il est écrit : Dieu seul est ta suprême loi ;
« A lui seul appartient l'hommage de ton être.
« A ces mots le démon quitta le divin Maître,
« Et des hauteurs des cieux, en foule descendus,
« Les anges empressés prenaient soin de Jésus. »

O victoire complète, ô juste représaille !
Autrefois, dans l'Eden Satan livra bataille,
Et l'homme fut vaincu par sensualité ;
Mais le Christ, au désert, par sa longue abstinence,
Nous rend avec surcroît ce que l'intempérance
   Dans l'Eden nous avait ôté.

L'homme, abusant des droits qu'il a sur la nature,
Communiquait sa faute à toute créature ;
Rapportait tout à soi par un immense orgueil ;
Le Christ sur la montagne où le démon le pose,
Rapporte au Créateur, à la suprême cause,
   Le monde entier vu d'un coup d'œil.

Lorsque par le serpent il se laisse séduire,
L'homme éteint sa raison, flambeau qui ne peut luire
Sans prouver à chacun sa propre liberté :
Le Christ, par son refus, au pinacle du temple,
Rallume le flambeau, nous montre par l'exemple
   Qu'il faut agir à sa clarté.

Attaché sur la croix, au sommet du calvaire,
Quand les Juifs, sur le ton d'une ironie amère,
Lui disent : Qu'il descende et nous croirons en lui,
Descend-il à leur gré?... — Librement il demeure,
Car la raison lui dit : Non, reste, c'est ton heure,
      Ne descends pas : c'est aujourd'hui.

    Ainsi relevé de sa chute,
    L'homme est le maître de son cœur.
    Aux coups du mal il est en butte,
    Mais il peut demeurer vainqueur,
    Job le dit bien : La vie humaine
    Est une bataille incertaine,
    Du premier jour jusqu'à la mort ;
    Courage, soldats de la terre ;
    De votre conduite à la guerre
    Dépendra votre dernier sort.

    Mortels, votre âme est une lice
    Ouverte aux vices, aux vertus.
    D'un côté, l'orgueil, l'avarice,
    La luxure, tous les abus ;
    De l'autre, la pauvreté sainte,
    L'humilité, la chaste crainte...
    En chacun naît le grand tournoi ;
    Puis, dans l'humanité complète,
    Fidèlement il se répète,
    Selon la même double loi.

    Jeune fille, dont l'innocence
    Périclite dans le secret,

Et qui de la concupiscence
Dans ton cœur conjures l'attrait ;
Ne va pas courir par le monde,
Car là, la passion immonde
Est plus puissante mille fois.
Reste, reste dans ta demeure ;
Dans ta chambrette prie et pleure
Au pied de la divine croix.

Le monde, c'est l'amphithéâtre
Où mouraient jadis les chrétiens.
Il sera toujours idolâtre
Des faux plaisirs et des faux biens.
Aux disciples de l'Évangile,
Toujours, la populace vile
Dira : Les chrétiens aux lions !
Et toujours sur la terre entière,
Les plis de la double bannière
Flotteront sur les nations.

Mais le Christ est vainqueur ; la lutte est fugitive ;
En lui l'ordre reprend sa beauté primitive.
Et la captivité captive
Le suivra d'âge en âge au temple de la paix ;
Tandis que le démon, sur l'infernale rive,
S'applaudissant en vain de ses tristes succès,
Sans fin sera sifflé de ses propres sujets !

———

— *Militia est vita hominis super terram.*
.... *Qui resistite fortes in fide.*

LA VOCATION DES APOTRES

ou

SIMPLICITÉ DE L'OBÉISSANCE CHRÉTIENNE.

Ambulans autem Jesus juxta mare Galilææ, vidit duos fratres, Simonem qui vocatur Petrus, et Andræam fratrem ejus, mittentes rete in mare (erant enim piscatores), et ait illis: Venite post me et faciam vos fieri piscatores hominum. At illi continuo relictis retibus secuti sunt eum, et procedens inde, vidit alios duos fratres, Jacobum Zebedæi et Joannem fratrem ejus in mari cum Zebedæo patre corum, reficientes retia sua, et vocavit eos. Illi autem relictis retibus et patre, secuti sunt eum.

Matth. iv, 18.

Or Jésus, marchant le long de la mer de Galilée, vit deux frères, Simon appelé Pierre, et André son frère, qui jetaient leurs filets dans la mer; car ils étaient pêcheurs, et il leur dit: Suivez-moi et je vous ferai devenir pêcheurs d'hommes. Eux, aussitôt, laissant là leurs filets, le suivirent; et s'étant avancé de là, il vit deux autres frères, Jacques, fils de Zébédée, et Jean, son frère, dans une barque, avec Zébédée leur père, qui raccommodaient leurs filets, et il les appela. Eux aussitôt, laissant là leurs filets et leur père, le suivirent.   S. Matth. iv, 18.

LA VOCATION DES APOTRES

SIMPLICITÉ DE L'OBÉISSANCE CHRÉTIENNE.

SIMON.

L'heure bonne aux pêcheurs, frère, est enfin venue.
Dans son grand lit la mer semble s'être étendue,
Pour goûter les douceurs d'un paisible repos.
Et le soleil, là-bas, au bout de sa carrière,
Quitte, pour se coucher, son manteau de lumière.
      Plus de vent, plus de flots.

ANDRÉ.

... L'heure où la voile au mât retombe sans haleine,
L'heure où chaque habitant de l'onde plus sereine
Témoigne son bonheur par mille et mille jeux...
Vois comme celui-ci, dans son ardeur, s'élance !
Il veut vaincre, à son tour, l'autre qui le devance...
      Qui gagnera des deux ?

Bientôt, lorsque le soir, d'une ombre plus obscure
Aura bruni les eaux, quelle belle capture !
Le grand filet, jeté par ton habile main,
Sur de nombreux poissons tombant à la surprise,

S'emplira tellement!... Je crains qu'il ne se brise
    A force d'être plein.

SIMON.

Comme le tien, mon cœur tressaille d'espérance.
Allons, que notre espoir se change en assurance ;
Jetons de ce côté... Mais qui vient seul ainsi
Sur la plage, vers nous?... Quel est ce beau jeune
                                  [homme?
Te serait-il connu ?... Sais-tu comme on le nomme?
    Que cherche-t-il ici?

ANDRÉ.

On dirait de la loi quelque saint interprète...
Mais si c'était Jésus, Jésus le grand prophète,
Qui vient tout délivrer de l'éternelle mort!...
Frère, dans notre barque il daignerait descendre,
Et quels divins discours il nous ferait entendre!...
    C'est lui! Poussons au bord.

Et c'était bien Jésus qui cherchait les deux frères.
Eux n'osaient plus parler à l'envi tour à tour,
Ni soulever vers lui leurs timides paupières;
Mais Jésus, le premier, leur dit avec amour :

— Approchez, approchez, confiance, courage.
Car il s'agit pour vous de quitter ce rivage;
Tous vos soins désormais sont de suivre mes pas.
Aïeux, femmes, enfants, amis, enfin patrie,
Et de tous les faux biens la trompeuse série
    Pour vous n'ont plus d'appâts.

Venez, humbles pêcheurs ; c'est en vous que je fonde
Ce monument sans fin, cette Église où le monde
Viendra dans tous les temps chercher la vérité...
De votre mission la pêche est le symbole :
Venez dans les filets de la sainte parole
        Pêcher l'humanité.

Ainsi parla Jésus aux deux premiers Apôtres.
Puis, partant avec eux, il en trouva deux autres,
Deux frères, deux pêcheurs qui, sur le lac dormant,
Réparaient leurs engins avec empressement.
Et leur père était là : « Fils du vieux Zébédée,
« Pour ma cause, aussi vous, reniez la Judée. »
Soudain, abandonnant père, barque, filets,
A suivre le Sauveur Jacques et Jean sont prêts.
Tous ils partent joyeux, sur les pas de leur guide.
Adieu, Capharnaüm ! aussi toi, Bethsaïde !...
Sublime dévoûment ! Belle simplicité !
Il est vrai, quand Dieu parle, il doit être écouté.
Nous tous, pauvres mortels, nautoniers de ce monde,
Nous sommes des pêcheurs sur une mer profonde.
Chacun, préoccupé de ses seuls propres gains,
Veut diriger sa barque et tendre ses engins.
Chacun suit le courant que lui fait l'égoïsme ;
Mais, ô vaisseau de Dieu, nef du catholicisme,
En toi l'humilité gouverne au lieu du moi ;
L'obéissance, alors, devient la grande loi !
Jésus-Christ, revêtu d'une forme ou d'une autre,
Sur la plage, un beau soir, vous dit : Sois un apôtre.
Sa grâce vous attire, et cet attrait vainqueur

Vite de vos filets détache votre cœur,
Et l'on va librement! Il en coûte, sans doute;
Il faut plus d'un effort; périlleuse est la route;
Le courage faiblit; parfois l'on est tenté
De revenir pêcheur au lac qu'on a quitté...
... Dans l'exil, dans les fers, sur la croix, sous le glaive,
L'image du *pays*, à vos maux offrant trève,
En séduisant fantôme apparaît à vos yeux...
— Vanité! vanité! La patrie est aux cieux!

---

*Qui amat patrem aut matrem plus quam me non est me
dignus...* MATTH. X, 37.

,, *Abneget semetipsum et sequatur me.*

,, *Nemo,, retro respiciens aptus est regno Dei.*

LUC. IX, 62.

LES NOCES DE CANA

ou

JÉSUS VRAIE SOURCE DU BEAU.

Et die tertia, nuptiæ factæ sunt in Cana Galilææ, etc.

JOANN. II, 1-12.

Et le troisième jour il se fit des noces à Cana en Galilée; et la Mère de Jésus y était. Jésus et ses disciples furent aussi invités au festin. Or le vin manquant, la Mère de Jésus lui dit : Ils n'ont plus de vin. Femme, répondit Jésus, qu'y a-t-il de commun entre vous et moi? Mon heure n'est pas encore venue. Sa Mère dit aux serviteurs : Tout ce qu'il vous ordonnera, faites-le. Or il y avait là six urnes de pierre qui servaient à la purification des Juifs. Jésus dit aux serviteurs : Emplissez-les d'eau. Ils les emplirent jusqu'au bord. Et Jésus leur dit : Puisez maintenant et portez au maître du festin. Ils le firent.

Or dès que le maître du festin eut goûté de l'eau devenue vin, sans savoir d'où elle provenait, ce que les serviteurs savaient fort bien, eux qui l'avaient puisée, il appelle l'époux et lui dit : Tout le monde sert d'abord son meilleur vin, et après que les convives ont déjà trop bu, son vin de moindre qualité; mais vous, vous avez gardé le meilleur pour la fin.

S. JEAN, II, 1-12.

LES NOCES DE CANA

ou

JÉSUS VRAIE SOURCE DU BEAU.

————◆◆◆————

Aux noces de Cana, vous tous, je vous convie,
Artistes généreux, pleins de verve et de vie,
Qui d'un sincère amour poursuivez les beaux-arts,
Mais, sans vous en douter, courez à tant d'écarts ;
Vous, qui ne consacrant le pinceau, la palette,
Qu'à mouler les contours de la forme muette ;
De l'âme, dans le corps, faites abstraction,
Et de l'art même, hélas ! faussez la notion ;
Ou qui, sous le symbole incarnant la pensée,
Trouveriez la raison gravement offensée,
S'il sortait de votre œuvre un seul rayon de foi,
Prouvant que du chrétien vous chérissez la loi ;
Vous qui, d'un froid talent détestant l'atonie,
Aux feux de l'alcool allumez le génie,
Pentecôte nouvelle, étrange en vérité !...
Venez, venez plutôt, amants de la beauté,
Vous ranger, en esprit, autour de cette table,
Où l'on boit à longs traits de ce vin délectable,
De cette eau par Jésus changée au meilleur vin,
Selon le jugement du maître du festin...

Breuvage merveilleux, mieux que l'eau d'Hippocrène,
De l'artiste altéré tu fécondes la veine !
Puisse-t-il bien comprendre et ne l'oublier plus,
Que la source du beau c'est l'aimable Jésus !
Aux noces de Cana, Cana de Galilée,
Cette vérité brille, au grand jour dévoilée...
Comment votre pinceau rendra-t-il ce sujet
Sans prendre Jésus-Christ pour l'âme du banquet ?
Et comment l'Homme-Dieu se verra-t-il au centre
Sans que tout dans sa sphère à l'instant même rentre,
D'abord la jeune épouse ?... (Au festin nuptial,
L'épouse, vous savez, préside à l'idéal...)
Allons, à l'œuvre, à l'œuvre, et vous verrez, artistes,
S'il suffit d'opérer en bons naturalistes.
Quoi ! vous voilà fiévreux, épuisés, moribonds !
Une femme à créer vous rendrait inféconds !
Que de types, pourtant, éclos de vos cervelles !
Ce que vous savez peindre, eh ! n'est-ce pas des belles ?
Vous ne retrouvez plus le jais de ces cheveux,
L'ivoire de ce front, le cristal de ces yeux,
L'ébène de ces cils, ces riantes pommettes,
Ces jolis nids d'amours qu'on appelle fossettes,
Ces dents où le jour glisse ainsi que sur l'émail,
Ces lèvres de carmin, de pourpre ou de corail,
Cette carnation diaphane et si fraîche
Où l'on croit voir germer un fin duvet de pêche,
Et ce blanc cou de cygne, et, que dirai-je encor ?
Ces épaules d'argent avec des reflets d'or ;
Ce sein où le rubis se fond avec l'albâtre ;
Ces deux globes surtout, veinés d'un sang bleuâtre ?...

— Ah ! vous l'avez senti, tout ce culte du corps,
Ce n'est de la peinture, hélas ! que le dehors ;
Et ce qu'il faut montrer dans cette jeune femme,
Ce n'est point un beau sein, mais bien une belle âme,
Une âme renfermant un trésor de vertus,
Une âme tout entière attentive à Jésus ;
Car Jésus était là, Jésus avec Marie !
Que dut-elle éprouver, cette âme, je vous prie,
En présence d'un Dieu descendu parmi nous
Par le sein d'une Vierge et sous des traits si doux ?...
Eh bien ! le corps suivit l'élan de la pensée.
D'un éclat surhumain la chair fut rehaussée ;
Elle changea de poids, de forme, de couleur ;
De l'esprit, en un mot, elle devint la sœur.
L'épouse ne fut plus ni juive, ni païenne,
Ni femme... mais quoi donc ? Mais épouse chrétienne !
Belle métamorphose !.. Auguste enseignement !
« Je le dis dans le Christ : O le grand sacrement ! »
Oui, le Christ a voulu dans le saint mariage
De son pacte avec nous nous laisser une image ;
Et ce symbole heureux, cette eau changée en vin
N'eut point d'autre raison, tenons-le pour certain.
La langue desséchée et le gosier aride,
Chacun donc, à Cana, tendait sa coupe vide.
Ils n'avaient plus de vin. Marie, alors, pour eux,
Selon le mouvement de son cœur généreux,
A Jésus, à son fils, adresse une prière.
« Femme, répond Jésus (il ne dit pas sa mère !),
« Femme, dans quel rapport sommes-nous, vous et moi ?
« Mon heure est à venir ; mon heure, c'est ma loi. »

Parole, en apparence, amère, injurieuse,
Mais qui, chez un tel fils, n'est que mystérieuse ;
Puis Marie était humble ; elle dit aux valets :
« Les choses qu'il voudra, ministres, faites-les. »
Or, non sans à-propos, se trouvaient là, par terre,
Mais pour un autre emploi, six grands vases de pierre,
« Ces urnes, dit Jésus, qu'on les emplisse d'eau... »
On obéit : les bords servent seuls de niveau.
« Puisez donc maintenant. » O miracle ! ô surprise !
On a mis de l'eau pure, et c'est du vin qu'on puise !
On en porte, à la hâte, au maître du festin...
« Quoi ! vous gardiez ainsi le meilleur pour la fin ?... »
Peintres, vous le voyez, sans autre commentaire,
Ce miracle est surtout un éloquent mystère ;
Jésus y veut montrer qu'à la loi du Sina
Succède l'Évangile, à partir de Cana ;
Que, quand la vérité se découvre elle-même,
Alors s'évanouit toute ombre, tout emblème ;
Que la foi s'imposant à notre faible esprit,
Loin de le déprimer, l'élève, le grandit ;
Que l'art ne doit plus être une creuse parole,
Mais un Verbe fait chair, mais un fécond symbole ;
Que la beauté n'est belle et n'est vraiment un bien
Que selon qu'elle aspire à l'idéal chrétien ;
Que l'anneau conjugal est la chaîne amoureuse
Qui lie au Christ l'Église et toute âme pieuse,
Et qu'autrement l'hymen n'est qu'une eau sans vertu,
Laissant le cœur glacé, tout le corps abattu...
Aux sources du Sauveur puisez donc, chers artistes,
Et vous ne serez plus présomptueux ni tristes.

Quels progrès vous ferez dans un art tout divin
En buvant chaque jour de l'eau changée en vin !
Vous monterez peut-être, avec frère Angélique,
Jusqu'aux plus hauts degrés de l'échelle mystique.
Ah ! vous pourrez, du moins, sans de gros contre-sens,
Peindre une jeune épouse aux appâts innocents !
Une épouse ! non, non, ce n'est pas une fille
Qu'un œil voluptueux trouve belle ou gentille ;
Qu'on séduit, qu'on arrache aux mains de ses parents,
Pour la plier au joug du pire des tyrans ;
Ou qu'on achète au poids, par-devant le notaire,
En faisant du contrat un ignoble inventaire ;
Ce n'est point un dépôt que l'homme de la loi,
De par Sa Majesté, confie à votre foi ;
C'est un présent de Dieu. Voyez, dans le saint livre :
Le premier homme à peine a commencé de vivre ;
A peine, roi du monde, il habite l'Eden
Que pour lui le Seigneur songe à créer l'hymen.
Eh ! quel besoin pressant avait-il de la femme ?
Le vautour de l'ennui planait-il sur son âme ?
Avait-il épuisé le spectacle des yeux ,
Compté tous les soleils qui roulent dans les cieux,
Lui qui, dernier venu, si peu de fois encore,
Avait pu contempler le lever de l'aurore ?...
En cherchant la fraîcheur, à l'ombre des rameaux,
Avait-il entendu tous les chants des oiseaux ,
Goûté les fruits divers , et, sous l'aile des brises,
Respiré les parfums des fleurs les plus exquises ?...
Goutte à goutte des mers videz donc le bassin !...
Avec tous les joyaux étalés sur son sein,
Avec ses eaux, ses champs, ses arbres, ses pelouses ,

La terre, n'est-ce pas la reine des épouses ?
Que ne l'étreignait-il de l'esprit et du cœur,
Pour l'enrichir encor par un fécond labeur,
Labeur facile et doux, quand, de ses dons prodigue,
La terre à la culture épargnait la fatigue ?...
Et Dieu dit cependant : L'homme ainsi seul !... non, non,
Ce n'est pas ma pensée et cela n'est pas bon.
Puis, de son cher Adam il ferma la paupière ;
Et lorsqu'Adam rouvrit les yeux à la lumière,
Qui trouva-t-il, debout, attendant son réveil ?
La femme, os de ses os, que, pendant le sommeil,
Dans un rêve charmant il avait devinée...
Ainsi, par le Seigneur fut créé l'hyménée.
Ah ! c'est que la nature avec tous ses trésors,
Avec ses mille voix... ce n'est qu'un vaste corps.
Eh bien ! Dieu la résume au seul corps de la femme,
Et pour l'unir à l'homme il la dote d'une âme.
Donc, en l'homme et par lui tout rentre à l'unité ;
Puis le Verbe, à son tour, s'unit l'humanité.
C'est hymen sur hymen, image l'un de l'autre.
Bien juste et bien profond le mot du saint apôtre :
« Dans l'Église et le Christ, ô le grand sacrement ! »
Or, ce que vit l'Éden, dès le commencement,
Ce qu'on vit à Cana, sans le comprendre encore,
Tous les jours, parmi nous, revient comme l'aurore :

> Entendez-vous le carillon
> Qui gazouille au clocher rustique ?
> Dans son ramage sympathique
> Que dit ce bruyant oisillon ?

Il dit que du prochain village,
Vers le ministre des autels,
Deux époux, deux anges mortels,
S'avancent pour le mariage ;

Il annonce que, deux à deux,
Vêtus de leurs habits de fête,
Livrée au bras, cocarde en tête,
Suivent parents, amis nombreux ;

Cocarde de lis et de rose,
Vrais insignes d'un pur amour...
Il parle aussi du troubadour,
Qui, devant, fait le virtuose.

Femmes qui voulez tout savoir,
Chacune de votre demeure
Sortez, sortez, car voici l'heure ;
La noce passe, accourez voir.

Et vous, fermez votre bréviaire,
Pasteur ; venez diligemment,
D'avance, choisir l'ornement,
Le plus blanc du saint vestiaire.

Venez disposer le missel,
Mettre le signet à la page
Où se lit la messe d'usage,
La Messe : *Deus Israel*...

Digne pasteur, pensez encore
Au rituel, au goupillon ;
Car voici que le carillon
Va cesser dans la tour sonore.

6*

Et la cloche a mis fin à ses gais tintements.
Maintenant elle parle en longs balancements,
Pour annoncer encor l'auguste sacrifice.
Venez, chrétiens ; déjà s'apprête le calice ;
Se versent l'eau, le vin ; s'allument les flambeaux...
Un instant, du saint lieu se taisent les échos...
Sous le sacré portique, alors l'épouse passe ;
Fille digne d'un roi, que son port a de grâce !
Que d'élégance simple et que de majesté !
Le plus beau vêtement, ah ! c'est la piété !...
Que j'aime, sur son sein, la croix d'or pour parure !...
Et sa blanche couronne et sa blanche ceinture !...
L'époux rejoint l'épouse au pied du saint autel.
Les voilà côte à côte, ô moment solennel !
(D'une côte en Éden naquit le mariage,
Et de l'Éden ici c'est la fidèle image...)
Comme Adam, ce jeune homme a, dans un long sommeil,
Rêvé de son épouse ; il la trouve au réveil.
Ce n'est point le hasard qui fit cette alliance.
De toute éternité, seule, la Providence
A pu tenir les fils de cet accord heureux,
De même que Dieu seul conduisit les Hébreux,
A travers le désert dans la terre promise...
« Frères, dit le pasteur qui, semblable à Moïse,
« Sans y pouvoir entrer, introduit à l'hymen,
« Donnez-vous l'un à l'autre en vous donnant la main.
« C'est votre rôle à vous ; pour moi, je vous marie,
« Au nom de Dieu le Père et du Fils de Marie,
« Au nom de l'Esprit-Saint de qui descend l'amour.
« Aimez-vous de tout cœur et jusqu'au dernier jour.

« L'anneau que je vous donne, ô douce jeune femme,
« Au sort de votre époux enchaînera votre âme.
« Vous obéirez donc : jamais la liberté
« N'eut à souffrir d'un joug, quand il fut bien porté.
« A votre tour, mon fils, sachez que votre épouse
« De tous vos sentiments a droit d'être jalouse.
« Avec religion gardez-lui votre foi.
« Elle obéira mieux, si vous êtes bon roi.
« Le Christ donna son sang pour acquérir l'Église :
« Mourez pour votre épouse et vous l'aurez acquise...
« Vous étiez deux d'abord, vous ne serez plus deux. »
Il dit, et fait pleuvoir l'eau bénite sur eux ;
Asperge aussi la bague, et, par la sainte messe,
Rend le divin Sauveur garant de leur promesse.
C'est le Dieu de Cana, c'est le Dieu de l'Éden
Qui des mortels, toujours, aime à bénir l'hymen.
Il descend sur l'autel ; et, sur cette montagne,
Il vient donner à l'homme une digne compagne.
Elle est donc, cette épouse, un vrai présent des cieux !...
Comme autrefois Moïse, et le front radieux,
Voyez-vous, voyez-vous cet homme et cette femme
Rapporter de là-haut la loi, mais dans leur âme ?...
Approuvés du Seigneur, féconds dans leur amour,
Oh ! qu'ils vont être heureux au terrestre séjour !
Et vous dites pourtant, vous, sectateurs du monde,
Qu'on trouve le bonheur dans un amour immonde ;
Qu'on ne saurait aimer sans aimer à l'écart
Et qu'au fond des forêts, bien loin de tout regard,
Il faut cacher son nid et dérober sa couche...
Non, non, l'amour n'est point un animal farouche.
Ce n'est point cet oiseau de la nuit et des bois...

L'amour ! il obéit à de plus douces lois !
L'amour c'est le ramier, l'amour c'est la colombe,
Aimant quand le jour luit, dormant quand le jour
C'est Isaac, Jacob, c'est Rébecca, Rachel, [tombe.
C'est le jeune Tobie... en un mot, c'est le ciel !

Pour moi, j'avais vingt ans, augmentés de trois autres,
Quand un pontife auguste, héritier des apôtres,
Me rencontrant debout, sur le seuil du saint lieu,
Me dit : Si votre cœur veut se donner à Dieu,
O mon fils, avancez... Je fis ce sacrifice.
L'évêque m'enrôla dans la sainte milice.
Or, toute ma jeunesse était dans ce grand jour.
C'est donc en étranger que je parle d'amour...
Jamais je n'ai connu l'impétueuse flamme
Qu'allume en un cœur d'homme un regard d'une femme.
Le ciel en soit béni ! Plus heureux mille fois,
J'ai préféré brûler de l'amour de la croix
Mais je le dis, Seigneur, à qui voudra l'entendre,
Si j'avais dû connaître une flamme plus tendre,
Je n'aurais point choisi la vulgaire beauté,
Dont tout le charme, hélas ! est dans la vanité,
Mais la vierge avant tout de ton amour éprise,
Et mon cœur l'aimerait comme il aime l'Église.

Qui matrimonio jungit virginem suam, bene facit : et qui non jungit, melius facit.

Il ne faut pas oublier que le célibat religieux et ecclésiastique est un des grands scandales que messieurs les rationalistes ne pardonnent pas au catholicisme.

DÉCOLLATION DE S. JEAN-BAPTISTE

ou

VOLUPTÉ, CRIME, REMORDS ET DÉSESPOIR.

Die autem natalis Herodis saltavit filia Herodiadis in medio et placuit Herodi.

Unde cum juramento pollicitus est ei dare quodcumque postulasset ab eo.

At illa præmonita a matre su.. : Da mihi, inquit, hic in disco caput Joannis Baptistæ.

Et contristatus est rex : propter juramentum autem, et eos qui pariter recumbebant, jussit dari.

Misitque et decollavit Joannem in carcere.

Et allatum est caput ejus in disco et datum est puellæ et attullit matri suæ.

Et accedentes discipuli ejus tulerunt corpus ejus, et sepe- lierunt illud : et venientes nuntiaverunt Jesu.

MATTH. XIV, 6-12.

Or le jour de la naissance d'Hérode , la fille d'Hérodiade dansa devant toute la cour et plut à Hérode. Il promit donc de lui donner tout ce qu'elle lui demanderait. Avertie par sa mère : Donnez-moi, dit-elle, ici, dans un plat, la tête de Jean-Baptiste. Et le roi fut attristé ; mais, à cause de son serment et de ceux qui étaient à table avec lui , il commanda que la tête fût apportée. Il envoya donc décoller Jean dans la prison. Et sa tête fut apportée dans un plat, et remise à la jeune fille qui en fit présent à sa mère. Or les disciples de Jean, étant venus, enlevèrent son corps, l'ensevelirent et allèrent annoncer l'événement à Jésus. S. MATTH. XIV, 6-12.

DÉCOLLATION DE SAINT JEAN-BAPTISTE

ou

VOLUPTÉ, CRIME, REMORDS ET DÉSESPOIR.

Une fille a dansé, bien dansé, quelle gloire !
Quel peut être le prix d'une telle victoire ?
Sans doute, beaucoup d'or, beaucoup de diamants,
Les plus riches habits, les plus beaux ornements?...
Ah ! vous ne savez pas tout ce qu'aux yeux d'Hérode
Vaut, bien exécutée, une danse à la mode !
Voici le fait : Le prince a régalé sa cour
(Du jour de sa naissance il fête le retour) ;
Le festin dure encor, mais les langues bruyantes,
Les gestes animés, les faces rayonnantes,
Les rires trop joyeux en annoncent la fin.
Déjà, depuis longtemps a disparu la faim.
Le vin seul continue à remplir les calices
Et de l'incontinence apprête les délices.
« Le vin, dit le proverbe, aide aux luxurieux. »
Bien repu d'estomac on veut l'être des yeux...
« Vite de nombreux chœurs de femmes et de filles,
« Qu'on fasse, devant moi, danser les plus gentilles,
« Dit Hérode, et je veux que mon Hérodias
« Prête sa jeune enfant à ces riants combats.

« Lyres, harpes, cinnors, luths, cymbales et flûtes

« D'harmonie, aussi vous, formez d'aimables luttes !

« Qu'on prodigue les fleurs, qu'on prodigue l'encens !

« Donnons, mes chers amis, l'ivresse à tous nos sens, »

Et bientôt, sous les yeux de ce prince adultère,

Femmes, filles dansant, toutes voulaient lui plaire.

O sexe incorrigible ! ô funeste beauté !

Ne peut-on être belle avec simplicité ?

On le peut, et souvent, même à l'œil impudique,

L'innocence est le charme irrésistible, unique.

Hérode, à son insu, l'éprouva cette fois,

Et sa nièce, une enfant, obtint toutes les voix,

Tant frappaient de son port la noble gentillesse

Et du jeu de ses pieds l'élégante souplesse,

De sa tête surtout la grâce, la candeur !

Telle sous les zéphyrs se balance une fleur !

« Belle enfant, que veux-tu, parle, je te le donne ?

« Moitié de mes États, moitié de ma couronne ?

« Oui, devant tous ceux-ci j'ose en faire serment,

« Je t'accorderai tout, demande seulement ! »

Et l'aimable danseuse à bondir si légère

Court interroger l'œil et le cœur de sa mère.

Hérode à son retour, lui présentant la main :

« Eh bien ! quel est ton vœu ? demande, parle enfin. »

Mais d'où vient que le roi tout à coup paraît triste ?

« Je veux, disait l'enfant, le chef de Jean-Baptiste ;

« Qu'ici dans une aiguière on l'apporte au plus tôt. »

O ciel ! de cette bouche un si terrible mot !

Au son des instruments d'harmonieuse ivresse,

Au milieu des parfums, des fleurs, de l'allégresse,

Une fille ingénue à l'œil pudique et franc
Réclamer pour joyau une tête, du sang !
Et le sang de qui donc ? et de qui cette tête ?...
Du chef d'un noir complot, criminel trouble-fête ?...
— De Jean !... qu'un peuple entier sur les bords du Jour-
Prenait pour le Sauveur promis au genre humain, [dain]
Mais qui disait, confus d'humilité profonde :
« Non, non, je ne suis pas le Rédempteur du monde,
« Un autre est parmi vous... Voici l'agneau de Dieu.
« J'ai l'eau pour baptiser ; il a l'esprit, le feu,
« Ah ! loin qu'à sa grandeur jamais je me mesure,
« Vous ne me verrlez pas délier sa chaussure !
« Je ne suis qu'un écho , je ne suis qu'une voix ;
« Il est l'esprit, la lettre, il est tout à la fois.
« Ce qu'est l'aube au soleil , je le suis à mon maître,
« Il paraît, le voici : donc je dois disparaître... »
..... Jean qui disait encor dans une sainte ardeur :
« Rendez unis et droits les sentiers du Seigneur,
« Scribes, Pharisiens, engeances de vipères,
« Orgueilleux rejetons de vos orgueilleux pères,
« Vous élevez, en vain, vos têtes dans les cieux :
« La cognée est au pied de l'arbre vicieux !
« Du Dieu qui tient la foudre, ah ! craignez la vengeance,
« Et produisez enfin des fruits de pénitence !
« Et toi, Tétrarque altier, d'infâme amour épris,
« Serpent aux anneaux d'or, aux voluptueux plis,
« Quoi ! toujours enlacer l'épouse de ton frère !
« Sache que même un roi ne peut être adultère ! »
Voilà, voilà celui dont la voix d'un enfant
Vient d'adjuger la tête au vice triomphant ;

Car, vous le pensez bien, la voix est de la fille
Et l'arrêt de la mère. O mère de famille
Qui mets un cœur pervers dans un cœur tout nouveau
Et change une voix d'ange en la voix d'un bourreau !
Hérodias ! pourquoi t'en prendre à ce prophète ,
Si de la vérité sa voix est l'interprète ?...
Tes intrigues déjà le tiennent en prison ;
Tu comptes sur la force : est-elle la raison ?...
De soi, flétrir le mal, depuis quand est-ce un crime ?...
Le vice chez les rois est-il plus légitime ?..
Qu'importe, diras-tu ? L'arrêt en est porté ;
Ma raison et ma loi sont dans ma volonté.
Je le veux, il suffit, femme ou roi qui pardonne
Ne sait pas ce que vaut le sexe ou la couronne.
O mystères ! Comment voir dans la cruauté
Le plus haut privilége acquis à la beauté ,
Et, dans l'homme qui tient la suprême puissance,
Supposer celle encor d'opprimer l'innocence ?
Alors, pourquoi pâlir, Hérode ? N'es-tu pas
Roi de la Galilée, amant d'Hérodias ?...
Double droit non douteux de punir Jean-Baptiste !
Épanouis ce front, dissipe cet air triste !
Un reste de pudeur viendrait te chagriner !
Eh ! n'as-tu pas promis d'ailleurs de tout donner ?
Un souverain jamais ne manque à sa parole !
Majesté n'admet rien d'inconstant, de frivole !
Que dirait l'univers ? que diraient tes amis
Qui savent le serment par lequel tu promis ?
(Il est vrai que le ciel est peu flatté, je pense ,
Qu'on accomplisse un vœu blâmable en conscience,

Mais quand la passion commande ou l'intérêt,
Conscience, pudeur, dignité, tout se tait,
Et l'on agit au gré de quelque vain scrupule ;
Tout motif paraît bon, jusqu'au plus ridicule.)
Ton serment ! Mais au mal peut-on se dévouer ?
Des autres et de soi n'est-ce pas se jouer ?
L'opinion ! Comment ! c'est devant cette idole
Que doit tomber celui que ton pouvoir immole ?
Folie et lâcheté ! Sache-le bien, ô roi,
L'opinion nous juge en dépit de la loi,
Le public, en dessous, conserve sa prudence,
Et lui-même, tout bas, corrige sa sentence !
Le roi David aussi, dans un instant fatal,
Avait juré bien haut d'exterminer Nabal.
Nabal fut épargné. L'ardeur de la jeunesse
Dans un héros toujours s'unit à la sagesse.
Et pourtant ses soldats avaient ouï son vœu.
Ils pouvaient l'accuser de se moquer de Dieu,
L'appeler inconstant, parjure, téméraire :
David n'écouta rien, rien que l'humble prière
De la noble Abigaïl... Abigaïl, beau miroir
Pour l'épouse en danger d'oublier son devoir !
Mais plus la femme est grande en demeurant fidèle,
Et plus le déshonneur la rend vile et cruelle.
Hérodias, poursuis, tu trahis ton époux ;
Ce fut ta honte. Eh bien ! signale ton courroux.
« Un abîme toujours invoque un autre abîme. »
L'orgueil produit la honte, et la honte le crime.
Consomme aussi le tien ! — Jean est parmi les morts !
Mais le crime, à son tour, engendre le remords !

Sache-le bien aussi ! des mains de l'innocence
Tu reçois cette tête, oui, mais la conscience !
Ce juge incorruptible assis au fond du cœur,
Te promet-il la paix après tant de fureur ?
Ah ! tant que dureront les transports de ta rage,
De voir ce chef sanglant conserve le courage.
Assouvis ta colère, outrage ce front pur,
Arrache ces cheveux, crève ces yeux d'azur !
Cette langue vouée aux soins de la famille,
A loisir perce-la de mille coups d'aiguille...
Éphémères transports ! Contre la vérité
La rage ne tient pas, vaine est la cruauté.
Un homme peut mourir, car sa vie est mortelle ;
La vérité demeure, et le remords c'est elle.
C'est elle qui s'indigne et qui tonne à son tour,
Elle qui sans relâche, elle qui nuit et jour
Remet devant les yeux de l'auteur d'un grand crime
Le fantôme effrayant d'une grande victime.
Nous lisons dans saint Marc qu'ayant mis au tombeau
Le cadavre de Jean, acheté du bourreau,
Les disciples pieux du prophète célèbre
Portèrent à Jésus la nouvelle funèbre :
Pour dénoncer ton crime, impie Hérodias,
Les voix et les témoins ne manqueront donc pas.
Des témoins ! en faut-il pour le juge suprême ?
Non, non, il a tout vu ; tout inscrit par lui-même.
Retournant contre toi tes inhumains transports,
Lui-même dans ton cœur il sera le remords,
Comme un ver immortel il rongera ton âme.
O désespoir ! ô prix d'une conduite infâme !

Dans Jésus un cœur sain trouve son aliment :
Mais, pour les cœurs pervers, Jésus est un tourment !
Hérode, tes amours, Hérode, ton complice
Comme toi connaîtra l'éternelle justice.
Heureuse ton enfant si le divin parquet
La juge, tout pesé, pure de ton forfait !

———

— Sicut lilium inter spinas...
— Abyssus abyssum invocat...

JÉSUS BÉNISSANT LES ENFANTS

ou

LES CHARMES DE L'INNOCENCE.

Tunc oblati sunt ei parvuli ut manus eis imponeret et oraret ; discipuli autem increpabant eos, Jesus vero ait eis : Sinite parvulos et nolite prohibere eos ad me venire : talium est enim regnum ; cælorum et cum imposuisset eis manus, abiit inde. MATTH. XIX, 13.

Alors lui furent présentés des petits enfants pour qu'il leur imposât les mains et priât sur eux. Ses disciples les grondaient ; mais Jésus leur dit : Laissez faire ces petits enfants et ne les empêchez pas de venir à moi, car tels sont ceux à qui est le royaume des Cieux ; et lorsqu'il leur eut imposé les mains, il s'en alla. S. MATTH. XIX, 13.

JÉSUS BÉNISSANT LES PETITS ENFANTS

ou

LES CHARMES DE L'INNOCENCE.

Prêtres de Jésus-Christ, vous qui jugez le monde,
Vous voyez dans les cœurs comme un plongeur dans
[l'onde ;
Sur la face des eaux ne glisse point votre œil,
Et sous le flot poli vous devinez l'écueil.
Les rires et les jeux, les danses et les fêtes
Ne présagent pour vous que dangers et tempêtes.
Sous ces grands mots de rang, de probité, d'honneur,
De fortune, d'amour, de beauté, de bonheur,
Oh ! que vous découvrez de hontes, de misères !
Mais ouvrant votre oreille à ces tristes mystères,
Assis des jours entiers dans le saint tribunal
Et penchés sur le bord de l'abîme infernal,
Que vous devez souffrir !... Prédire les tortures
Qu'apprêtent les démons aux âmes leurs captures,
Et ces âmes, les voir, sous le poids de la chair,
Descendre malgré vous aux flammes de l'enfer !
Confesser des pécheurs aux instincts sacriléges
Qui seraient enchantés de rester pris aux piéges ;
N'absoudre qu'en tremblant le pénitent contrit,

6"

De peur de profaner le sang de Jésus-Christ ;
O ministère saint, mais rude ministère !
Si, lorsque vous rentrez ensuite au presbytère,
A l'heure où vous invite un modeste repas,
Vous trouvez des enfants qui prennent leurs ébats
Sur la place, non loin du porche de l'église,
Ne préférez-vous pas leur aimable franchise ?
Là, du moins, tout est neuf, tout est droit, tout est pur ;
Les âmes et les yeux sont comme un ciel d'azur ;
Là, rien de criminel, de fourbe, d'impudique...
Le charme de l'enfance est vraiment angélique !
Cette vue est pour vous ce qu'est la pluie aux fleurs
Quand règnent de l'été les brûlantes chaleurs.
Or, pensez maintenant ce qu'elle devait être
Autrefois pour Jésus, Jésus le divin Maître,
Jésus le Fils de Dieu, Jésus Verbe fait chair,
Lui dont l'œil plus subtil que la lumière et l'air
Découvre d'un regard tous les pays du monde,
Les lieux les plus cachés de la terre et de l'onde,
Lui qui sonde les cœurs, lui qui sonde les reins,
Qui, cent fois mieux que nous, connaît tous nos desseins !
Quel spectacle au Sauveur offrait alors la terre !
Dieu méconnu partout ; le bien, le mal en guerre,
Mais le mal sur le point d'être victorieux ;
Les hommes, les démons se transformant en dieux ;
Le crime sur l'autel ; les passions infâmes,
A titre de vertus envahissant les âmes ;
Le pauvre méprisé pour ses humbles dehors
Et le riche anobli de par ses seuls trésors ;
(L'honneur se débitant au poids de la matière,

Et pour le crime heureux indulgence plénière !)
Le malheureux maudit ; l'infirme objet d'horreur ;
Rien pour la vérité, zèle ardent pour l'erreur ;
Et, chez la nation que Dieu s'était choisie,
L'avarice, l'orgueil, la lâche hypocrisie.
Or, Jésus voyait tout. Oh ! que son cœur divin
Devait se dilater lorsque sur son chemin
Venait s'épanouir cette fleur d'innocence
Dont l'aimable candeur brille au front de l'enfance !
Un jour donc à Jésus des enfants tout petits,
Par leurs mères portés, par leurs mères conduits,
Se présentent nombreux comme à leur divin Père
Pour en être bénis... (Oh ! que j'aime une mère
Qui, courant au saint Temple, encore de nos jours,
Va consacrer à Dieu le fruit de ses amours,
Et dit devant l'autel de la douce Madone :
Mère, reçois mon fils : à Jésus je le donne !)
Les disciples, pourtant, voyant de mauvais œil
Les enfants s'approcher... leur faisaient triste accueil :
« Frivoles bataillons, essaims d'enfants volages ;
« Le maître est fatigué de plusieurs longs voyages ;
« De vous, croyez-vous donc qu'il va prendre souci ?
« Fuyez loin de ses yeux, loin des nôtres aussi.
« C'est bien à vous, vraiment, que nous avons affaire ;
« Femmes, retirez-vous ; troupe importune, arrière !
« — Laissez venir à moi ces chers petits enfants,
« Dit Jésus ; les chasser ! oh ! je vous le défends !
« La peur les ferait fuir ; que personne ne gronde !
« Eh ! ne sont-ils donc pas les anges de ce monde ?
« Mon royaume est à ceux qui leur seront pareils. »

Puis, comme ce n'est rien de prêcher par conseils,
Que l'exemple fait tout, le bon Jésus se penche
Vers ces humbles petits à la mine si franche,
Réclame leurs baisers, met leurs mains dans ses mains.
Leur langage naïf, leurs gestes enfantins,
Il imiterait tout dans sa condescendance,
S'il fallait à ce prix gagner leur confiance.
Quand il les voit enfin sans crainte s'avancer,
Pour passer dans ses bras l'un l'autre se presser,
Comme alors il les baise et contre sa poitrine
Les serre avec amour !... O tendresse divine !
O bienheureux enfants, je ne m'étonne plus
Si vous êtes pour nous le type des élus !
Sur le sein du Sauveur quand je vois l'innocence,
Des élus je conçois toute la jouissance ;
Du ciel je reconnais le vrai, le seul chemin.
De ma mère l'Église alors serrant la main,
Docile et confiant, je ne pense qu'à suivre.
L'œil serein, le cœur pur, oh ! qu'il est doux de vivre !
Oh ! qu'il est doux, surtout, lors du dernier moment,
D'entendre dire au corps : Va dormir doucement
A l'ombre de la croix dans le saint cimetière ;
A l'âme : Au sein de Dieu, pars, vole la première !
Mais entr'eux que disaient les disciples confus,
Voyant à ces petits s'intéresser Jésus ?
Sans doute ils s'étonnaient qu'à l'enfance frivole
Le Messie abaissât son cœur et sa parole.
Ils auraient dû penser que le Verbe infini,
Pour s'abaisser à nous, à nous s'était uni ;
Qu'il venait ici-bas pour tous tant que nous sommes,

Pour les petits enfants autant que pour les hommes ;
Que de l'esclave au maître et du sujet au roi,
Du sage à l'ignorant, tout homme est homme en soi.
L'enfant est homme aussi ; c'est l'homme dans son germe,
Mais l'homme tout entier, du cœur à l'épiderme,
Et sa faiblesse même est un titre à l'amour ;
Au fruit qui n'est pas mûr il faut l'astre du jour.
O de l'enfant, d'ailleurs, merveilleuse aptitude
A connaître le vrai sans effort, sans étude !
Dans les siècles anciens, quand régnaient les faux dieux,
D'intrépides penseurs, des savants studieux,
Allaient de temple en temple et d'école en école,
Cherchant à rassembler les débris d'un symbole ;
Tous les jours, du chrétien rejetant le bandeau,
D'incrédules esprits inventent un *Credo*.
Mais nul sage ou fauteur d'hérésie ou de schisme
Qu'un enfant ne confonde avec son catéchisme !
Aussi, lorsque l'auteur de notre sainte foi
Voyageait méconnu des docteurs de la loi,
Voyait-on les enfants courir au divin Maître,
Premiers à le chérir, premiers à le connaître.
Oh ! des cœurs innocents vive la pureté !
Avec elle sans peine on voit la vérité.
Ayant donc mis sur eux ses mains et ses prières,
Le bon Jésus laissa les enfants à leurs mères,
Et reprit son chemin, le cœur tout rafraîchi.
Ainsi dans les déserts, après avoir franchi,
Sur des sables brûlants, d'immenses latitudes,
L'Arabe se ranime aux vertes solitudes.

Sinite parvulos venire ad me...

6***

LA PÊCHE MIRACULEUSE

ou

MOYEN POUR LE POÈTE DE TROUVER ENCORE DES LECTEURS.

Ut cessavit autem loqui, dixit ad Simonem : Duc in altum
et laxate retia vestra in capturam. Et respondens Simon dixit
illi : Præceptor, per totam noctem laborantes, nihil cœpi-
mus in verbo autem tuo laxabo rete.

Et cum hoc fecissent, concluserunt piscium multitudinem
copiosam, rumpebatur autem rete eorum. Et annuerunt
sociis qui erant in alia navi ut venirent et adjuvarent eos. Et
venerunt, et impleverunt ambas naviculas ita ut pene mer-
gerentur. Quod cum videret SimonPetrus, procedit ad genua
Jesu dicens : Exi a me : quia homo peccator sum. Luc, v, 4-9.

Or, dès qu'il eut cessé de parler, il dit à Simon : Conduis en
pleine eau, et jetez vos filets pour la pêche. Et Simon lui répondit : Maître, nous avons travaillé toute la nuit et nous n'avons
rien pris. Cependant, sur votre parole, je jetterai le filet.

Et lorsqu'ils eurent fait cela, ils prirent une énorme quantité
de poissons, au point que le filet menaçait de se rompre, et ils
firent signe à leurs compagnons de venir les aider. Ils vinrent et
remplirent deux barques, tellement qu'elles allaient être sub-
mergées. Ce que Simon ayant vu, il tomba aux pieds de Jésus,
en disant : Retirez-vous de moi, Seigneur, car je suis un pécheur.

S. Luc, v, 4-9.

LA PÊCHE MIRACULEUSE

OU

MOYEN POUR LE POËTE DE TROUVER ENCORE DES LECTEURS.

———•———

ODE FAMILIÈRE.

D'où vient cette horreur souveraine
Pour le langage cadencé ?
O poëte, ton nom à peine
Peut être aujourd'hui prononcé !
Vainement au vers pend la rime ;
Le lecteur n'en est plus victime ;
Sous l'appât il voit l'hameçon.
La curiosité l'arrête,
Mais soudain, détournant la tête,
Il passe comme le poisson !

Jadis, la Sèvre Niortaise,
Durant deux beaux mois de l'été,
Me voyait pêcher à mon aise
L'humble fretin à volonté.
J'étais alors jeune lévite.
Aux vacances j'accourais vite
Habiter mon coteau natal ;
Et chaque soir, sur la rivière,

Je guidais ma barque légère...
None était l'heure du signal.

Alors de la voûte céleste
Le soleil descend lentement,
De rayons il darde un bon reste,
Mais il les darde obliquement.
Le poisson, le long du rivage,
Sommeille à l'abri du feuillage,
Se réveillant au moindre bruit.
Sur l'hameçon, de confiance,
Une troupe entière s'élance,
Celui qui mord tire et s'enfuit.

« Halte-là ! gardon de la Sèvre !
« En vain tu te débats dans l'eau ;
« La ligne te tient par la lèvre ;
« Viens gambader dans le bateau ! »
Et, plus loin, le fil se déploie
Devant une nouvelle proie
Qui le saisit du premier bond...
« Quel malheur que le soleil baisse ;
« De fretin une couche épaisse
« De la barque eût caché le fond ! »

Aujourd'hui qu'au bout de ma plume
Je tends au lecteur *d'autres vers*,
Ce cher pauvre petit volume
N'aura-t-il donc que des revers ?
Désormais, le poëte, en France,
Se verra-t-il sans espérance ?

Ah ! je n'y suis pas résigné !
Ne pourrait-on trouver la cause
Qui fait qu'on se borne à la prose
Et que le vers est dédaigné ?

Qui ne sait, d'abord, qu'à la pêche
Il faut du calme et du loisir ?...
Qui ne sait que l'eau trouble empêche
Et le succès et le plaisir ?
Or, la tempête est sur la terre,
On ne parle plus que de guerre,
De luttes entre nations ;
Chaque nation elle-même
Ne vit qu'à l'état de problème.
Partout des révolutions !

Quand donc, sous l'haleine orageuse,
Comme une plaine de guérets,
La rivière en sillons se creuse,
N'allez pas jeter vos filets !
Vaine serait votre capture.
Car les poissons, à l'aventure,
S'abandonnent aux flots mouvants,
Ou bien vont chercher sous les ondes
Les retraites les plus profondes
Pour échapper aux coups des vents.

Attendez que la paix se fasse,
Que l'air redevienne d'azur,
Que l'eau redevienne une glace
Semblable au cristal le plus pur ;

Attendez, pour tendre vos mailles,
Que la gent à robe d'écailles
Sente l'aiguillon de la faim,
Et dès lors vous prendrez, dans l'ombre,
Gardons petits et gros sans nombre,
Aisément, comme avec la main.

Comment, dans les grandes alarmes,
Prêter l'oreille aux doux accords,
Ou lorsqu'un peuple tout en larmes
Erre captif sur d'autres bords?
Les lyres, alors détendues,
Aux saules restent suspendues.
Comment chanter pour le vainqueur,
Surtout pour un vainqueur farouche
Qui prétend vous ouvrir la bouche
Tout en vous comprimant le cœur?

O tyrans qui, courbant nos têtes,
Voulez nos hymnes triomphants,
Rendez-nous Sion et ses fêtes,
Et nous retrouverons nos chants !
Réintégrés dans nos murailles,
Nous dilaterons nos entrailles
Dans l'amour de nos saintes lois ;
Jamais, sur la terre étrangère,
Nous n'ébranlerons l'atmosphère
Du joyeux éclat de nos voix !

Ainsi, de nos jours, si la prose
Sur les vers emporte le prix

En voici la première cause :
La politique a les esprits.
Cependant, que d'âmes tranquilles,
A la campagne et dans les villes,
Profiteraient de mon recueil !
Je le dis sans outrecuidance ,
Depuis longtemps j'ai, par avance,
Mis de côté tout vain orgueil.

Mais à cette cause première
Que nous venons de constater ,
Il en est une non moins claire
Qu'il faut maintenant ajouter :
C'est, poëte, que ta parole
Ne visant qu'au succès frivole,
Ne célèbre pas les vrais biens ;
Que tes rimes sont criminelles,
Ne chantent que beautés mortelles ,
Que caprices, que graves riens !

Reniant les vertus chrétiennes,
Les grands principes de la foi,
Tes vaines stances ne sont pleines
D'aucun autre Dieu que de toi.
Jésus le souverain monarque
N'est pas avec toi dans ta barque ;
Tu ne peux donc vaincre les flots,
Les flots de tous ces bruits du monde,
Qui souvent, dans une seconde ,
Engloutissent tous tes travaux.

7

Autrefois aussi les Apôtres
Naviguaient sur les flots émus ;
Mais leurs moyens étaient bien autres :
Ils avaient avec eux Jésus.
Quand la tempête déchaînée
Menaçait trop leur destinée :
Seigneur, disaient-ils, sauvez-nous ;
Et Jésus, relevant la tête,
Faisait un signe à la tempête,
Dont soudain tombait le courroux.

Ces Apôtres, gagnant leur vie
A tirer le poisson de l'eau,
Grande, un soir, était leur envie
D'en emplir aussi leur bateau.
Toute la nuit ils tâtonnèrent ;
Jusqu'au matin ils se donnèrent,
Sans rien prendre, un mal excessif ;
Mais ce fut bien une autre chance,
Quand Jésus, avec sa puissance,
Fut descendu dans leur esquif !

D'après l'ordre du divin Maître,
A l'œuvre ils remirent la main :
Quel miracle ils virent paraître !
Fit-on jamais pareil butin ?
Le filet, dans sa large panse
Absorbant une troupe immense,
Compromit gravement ses jours.
Ses entrailles tant s'élargirent,

Que bien des mailles se rompirent.
Il fallut crier au secours !

D'autres pêcheurs étaient sur l'onde :
Au secours ils vinrent soudain ;
Et ce ne fut pas trop de monde
Pour vider les flancs de l'engin ;
Mais le gain payait bien les peines ;
Les deux barques furent si pleines,
Qu'elles faillirent couler bas.
Simon, à ce miracle insigne,
S'écria : « Je suis un indigne ;
« De moi, Seigneur, n'approchez pas ! »

Poëte, en un pieux délire,
Sache au Sauveur dire à ton tour :
« Seigneur, j'ai profané ma lyre,
« Je vous la consacre en ce jour.
« J'ai chanté les plaisirs infâmes,
« J'ai prêché le culte des femmes ,
« Mais un culte ignoble, infernal !
« Apostasie , abus énorme :
« Quand je n'ai pas chanté la forme,
« J'ai rejeté ton idéal !

« J'ai célébré, dans ma folie,
« Les exploits de l'esprit humain,
« Ou, d'un ton de mélancolie,
« Bémolisé tout mon destin.
« Mon Dieu, c'était le panthéisme
« Ou plutôt c'était l'égoïme,

« Car je ne parlais que de moi ;
« Mais aujourd'hui c'est autre chose,
« Complète est la métamorphose ;
« Je veux rapporter tout à toi.

« Adieu donc, monde de la fange ;
« Je suis las de raser le sol ;
« Par mon âme je suis un ange,
« Je veux le prouver par mon vol.
« Je partirai de la nature ;
« Puis, traversant la raison pure,
« J'irai m'adjoindre au séraphin.
« Ne dois-tu pas, muse chrétienne,
« Conduire la famille humaine
« Au ciel, à sa dernière fin ? »

A Jésus, va, tiens ce langage,
Poëte égaré trop longtemps,
Et tu braveras le naufrage
Malgré les écueils et les vents.
Et l'on ne viendra plus te dire
Qu'il vaudrait mieux briser ta lyre,
Que l'hémistiche est abrogé ;
Que dorénavant le génie
Se passera de l'harmonie...
Inconcevable préjugé !...

Si jamais le public remarque
(Ce bon public, si peu pervers !)
Que le Sauveur est dans ta barque,
Il ira se prendre à tes vers.

Jésus-Christ, on aura beau faire,
Restera centre de la sphère,
Vers lui gravitent tous les cœurs;
Par lui, même aux temps où nous sommes,
Tu redeviendras pêcheur d'hommes.
Tu retrouveras des lecteurs.

―――――――

*Et ait ad Simonem Jesus : Noli timere ; ex hoc jam homines
eris capiens.* Luc, v, 10,

POÉSIES DIVERSES.

LE PREMIER JOUR DE L'AN

ou

LES VOEUX DE LA NATURE DANS LES VOEUX DU CHRÉTIEN,

———◄••►———

*Non sunt loquelæ neque sermones quorum non
audiantur voces eorum.*

Point de bruit, point de voix dans la nature entière
Qui ne fasse au Seigneur entendre une prière.
Ps. VIII, 4.

La terre a parcouru le cercle de l'année.
Janvier sur l'horizon tient son urne inclinée;
    Il nous verse de nouveaux jours.
Telle, au flanc des coteaux, une source féconde,
    Ouvrant les trésors de son onde,
Sans jamais s'épuiser s'épanche dans son cours.

Or, quel être mortel n'a pas de l'espérance
    Le doux et magique transport,
Quand de l'an qui finit à celui qui commence
    La nature entière s'élance,
Comme le passager, lorsqu'il change de bord?

    L'enfant, naguère à la mamelle,
Aspirant aux joujoux qu'il croit déjà tenir,
Demande quand luira l'aurore solennelle
    Du grand jour à venir!

7

Le jeune homme, dont l'âme ardente
Dévorerait l'immensité,
S'empare avec fureur de cette heure trop lente
Enlevée à l'éternité.
Le temps n'est pas encore ; il l'a déjà compté !

A l'autre bout de la carrière,
Le vieillard alangui sous son pesant fardeau,
Songe au temps qui n'est plus et regarde en arrière,
Mais non sans désirer vivre encor l'an nouveau.
Tel on voit un faible ruisseau,
Avant d'aller se perdre au sein de la rivière,
Replier en fuyant sa course passagère,
Comme pour remonter à la source première
D'où découle son eau.

Du bienfait de l'existence,
O Dieu, que l'homme est jaloux !
Nul don de ta Providence
Ne lui fut jamais si doux !
En vain les tristes alarmes,
Les noirs soucis et les larmes
Trempent sa coupe de fiel ;
Au fond du divin breuvage,
Ce n'est plus le miel sauvage,
C'est la goutte de pur miel.

Au sein de riches demeures,
Sous des lambris éclatants ;
Qu'il écoute en paix les heures
Frapper le timbre du temps,

Ou qu'un peu de chaume, à peine,
Des vents combattant l'haleine,
Contre eux abrite son sort,
Qu'importe à l'homme?... la vie
Est le seul bien qu'il envie;
Sa seule crainte est la mort.

De l'insecte qui, sous l'herbe,
Rampe si près du néant,
Jusqu'à cet aigle superbe,
Des airs sublime géant,
Tout ce qui fuit, vole ou nage,
Tout ce qui croît avec l'âge
Soupire les mêmes vœux :
« Toi dont la main les mesure,
« Seigneur, verse à la nature
« Des jours sereins et nombreux! »

Tous ces êtres pourtant que la même heure enivre
De l'espoir d'un plus long destin,
Combien de temps, hélas! ont-ils encore à vivre,
A rester au festin?

Sur sa tige la fleur s'ouvrant comme un beau livre
Ne s'épanouit qu'un matin;
Et le fruit vermeil du jardin
A la main qui le veut se livre,
Les feuilles, dès le premier givre,
Pleuvent et couvrent le chemin.

Voyez autour de vous : à chaque instant, tout tombe,
Tout aspire à la vie et soudain tout succombe;
L'homme même est semblable à l'astre au front d'argent

Qui brille dans la nuit d'un éclat si changeant...
Nous marchons, il est vrai, mais un pied dans la tombe!
Et nous sommes ainsi l'imprudent patineur
    D'un étang rasant la surface :
    Tout à coup il voit sur sa trace
Se former en craquant une longue crevasse...
    Saisi d'une horrible frayeur,
Il cherche le solide, il veut reprendre place...
Il court, un pied dans l'onde et l'autre sur la glace!...

La glace qui se rompt, mortels, c'est votre corps.
L'âme est le point d'appui qui soutient vos efforts.
De l'antique poëte ô parole profonde :
« C'est l'esprit qui remue et qui porte le monde! »
Par degrés l'univers s'élève à l'unité,
Mais ce n'est qu'au sommet qu'est l'immortalité!

De l'être intelligent douces prérogatives!
Qu'importe qu'en leur vol ses heures fugitives
    Devancent l'aile des autans?...
Il pense, il se souvient, il espère... Le temps
Est tout entier, pour lui, dans les plus courts instants.

Eh! la pensée, où donc la voir enfin lassée?...
De projets en projets sans repos élancée,
L'immensité partout, voilà son horizon!
Qui sent sa liberté n'admet point de prison!
Qu'est-ce donc, Océan, que ta vaste étendue?
Qu'est-ce que la hauteur de l'étoile inconnue?
Qu'est-ce enfin que l'espace où tout est limité,
Où tout se fractionne et peut être compté?

Non, sur la terre, point de cime ,
Dans les cieux point d'astre sublime,
Où de l'esprit humain ne parvienne l'essor...
Fuyez, fuyez toujours, ô confins de l'abîme :
La pensée aisément va vous franchir encor!

Et je sens vivre en moi cette active pensée!
C'est un feu qu'en naissant chacun reçoit d'en haut :
D'une immense fournaise étincelle chassée ,
Sur un peu de limon Dieu la souffle... Aussitôt
L'homme vit, et ce roi de la nature entière ,
Confondu, tout à l'heure, au sein de la poussière,
Déployant maintenant son front majestueux,
S'empare, d'un coup d'œil, de la terre et des cieux.

Homme, voilà ton origine;
Vase abject, tu contiens une liqueur divine.
L'esprit en ta personne est à la chair uni;
De tes extrémités l'une au néant incline ,
L'autre monte vers l'infini.

Cesse donc d'envier à ce globe de fange
Ses six mille ans de vie ou plutôt de sommeil ;
Une immortelle aurore apparaît, en échange;
Pourquoi compter des jours que marque le soleil ?...

Insensé ! Quel est donc l'âge du chêne auguste
Dont ton cœur indiscret jalouse les destins ?
Combien , depuis le temps qui le vit jeune arbuste,
Combien compte-t-il de matins ?

Hélas ! de tous ces jours, de toutes ces années,
Dont, tour à tour, il vit le flux et le reflux,
Que sait-il ?... Ce qu'il sait de ses feuilles fanées,
        Il ne s'en souvient plus !

Sait-il bien qu'à ses pieds d'autres êtres l'admirent ?
Entend-il des oiseaux les concerts ravissants ?
Sent-il, quand les vents frais dans ses rameaux soupirent
Quelque fibre, à son cœur, frémir à leurs accents ?

Ne lui demandons rien, il s'ignore lui-même ;
Il naît, il croît, il meurt comme nous ici-bas ;
Mais ce qui fait que vivre est le bonheur suprême,
Cet ineffable instinct, il ne le connaît pas !...

Oui, celui dont la vie est pareille à cette ombre
Que l'on voit, sur les champs, sous un nuage sombre
        Passer et s'enfuir sans retour ;
Pour naître et pour mourir celui qui n'a qu'un jour,
L'homme enfin, d'un côté si courte créature,
Dans le vrai sens du mot vit seul dans la nature !
Au corps viennent s'unir l'eau, la terre, les airs,
Et l'âme unie au corps fait vivre l'univers !

        Montagnes dont la durée
        Égale celle des temps,
        Qui dans la voûte éthérée
        Portez vos fronts de géants,
        Ne méprisez pas l'empire
        De l'atome qui respire,
        Dans l'ombre, sous vos talons,

Car, sans ce grain de poussière,
Bientôt votre tête altière
Croulerait dans vos vallons !

Que sont et ce globe même
Avec ses monts orgueilleux,
Et dans l'espace suprême,
Tous ces mondes radieux,
Tout ce que mon œil contemple :
Qu'est-ce?... un magnifique temple
Dont la coupole est le ciel ;
Mais ce temple est vide encore ;
Sans un prêtre qui t'adore,
O Dieu, qu'importe l'autel ?

L'homme, Seigneur, est ce prêtre !
L'âme vibre en ses accents !
Lui, du moins, peut te connaître,
Et t'offrir un digne encens.
Par lui la brute insensée,
Par lui la pierre glacée
Proclament ton nom divin.
Vienne sa voix à se taire,
Ton pied, repoussant la terre,
La brisera de dédain !

Aussi, la nature amoureuse
Sert-elle nos moindres désirs.
Voyez comme elle semble heureuse
De notre bien, de nos plaisirs !

C'est elle qui mûrit nos gerbes
Et qui colore nos raisins ;
Qui de fleurs émaille les herbes,
Aux prés, aux champs, dans nos jardins.

A ses charmes, à ses largesses
Elle donne un attrait vainqueur ;
L'homme, séduit par ses caresses,
L'épouse d'esprit et de cœur.

Par ce glorieux hyménée
La nature unie à son roi
L'aide à remplir sa destinée :
Tous deux suivent la même loi.

Tous deux, de la voix la plus pure,
Doivent chanter le Dieu jaloux ;
L'homme adorer pour la nature,
La nature par son époux.

O de l'homme et du monde admirable harmonie !...
Pourquoi, pourquoi, disais-je, amoureuse des corps,
Ma pauvre âme, Seigneur, donne-t-elle sa vie,
En partage, sans cesse, aux êtres du dehors ?...
Pourquoi, pour te louer si je cherche un langage,
    Pourquoi ne puis-je, sans image,
      Te nommer, esprit sans nuage ?   [cords ?...]
Pourquoi sans de vains bruits n'aurais-je point d'ac-

    Et mon âme, toujours pressée
    De se répandre hors de moi ,
    Est toujours l'amante insensée
    Qui ne respire plus pour soi...

Avec l'ormeau de la colline
Elle tient tête à l'aquilon ;
Avec le saule elle s'incline,
Pour pleurer, au sein du vallon.

Elle prend la couleur des choses
Qu'elle rencontre en son chemin :
Avec le lis, avec les roses,
C'est la céruse ou le carmin...

Ainsi, dans un cristal fidèle,
Quand la beauté voit son œil noir,
Elle croirait que sa prunelle
Se confond avec le miroir.

Mais désormais, Seigneur, j'ai compris le mystère !...
Pars, mon âme : en mon sein je ne te retiens plus.
Comme un vaste miroir tu réfléchis la terre ;
C'est pour cela qu'un jour d'en haut je te reçus...
Le monde vit par toi, comme toi par Jésus !

Oui, c'est par toi que je puis dire,
Quand tu remontes vers les cieux :
« Tout ce qui germe, est, ou respire,
« Seigneur, t'offre les mêmes vœux ! »

O toi qui dans cette âme as mis ta ressemblance,
O toi dont la munificence
Dispense l'être et le bonheur,
De l'univers entier conserve l'existence !
Prolonge aussi mes jours, puisque ta Providence

Entre ce monde et toi me fit médiateur ;
Et ton nom que le ciel encense
Ici-bas recevra l'honneur,
L'amour et la reconnaissance...
Mais quand donc, mais quand donc brillera-t-il, Seigneur,
Cet autre jour où ta présence
Comblera les vœux de mon cœur ?

DE MONSIEUR L'ABBÉ MERMILLOD

(AUJOURD'HUI ÉVÊQUE D'HÉBRON)

PRÉDICATEUR DU CLERGÉ POITEVIN POUR LA RETRAITE DE 1860 [1].

———————

Devant ses yeux le peintre a-t-il un beau modèle :
Comme il veut en tracer une image fidèle !
Comme, dans son esprit, chaque linéament,
Les poses, les contours, les couleurs et les teintes,
Les ombres, les reflets, par de vives empreintes
        Se peignent aisément !

Et, quand, dans sa pensée il contemple sans voile
Son sujet ravissant... Comme il sait, sur la toile,
En projeter les traits au bout de son pinceau !
Voyez, tout est bien là ! parfaite ressemblance !
Moins clairement la fleur se mire et se balance
        Dans l'onde du ruisseau !

Ah ! je voudrais ainsi, saint abbé, te traduire,
Afin que dans mes vers pussent te voir reluire
Mes frères, qui n'ont pas le suave bonheur
De te voir de leurs yeux, de te tendre l'oreille

———

[1]. Cette pièce parut dans le n° du 11 juillet 1860 du *Courrier de la Vienne*, deux ou trois jours après la retraite.

Et de se dessiner une image pareille
  Sur le fond de leur cœur.

Oui, trop vague, pour eux, serait la renommée,
Car, le bruit du renom, qu'est-ce? un peu de fumée.
La fumée, il est vrai, fait deviner le feu ;
Mais elle est impuissante, ainsi que le nuage,
A former le dessein d'une parfaite image
  Dans le firmament bleu.

Il faut te voir, il faut te contempler toi-même
Ou ton portrait, décrit avec un art suprême ;
Mais, dans mes simples vers, frères, pourrez-vous voir,
Pourrez-vous deviner l'orateur plein de charmes
Qui nous fait en ces jours verser de douces larmes
  Et goûter le devoir ?

Trente et quelques printemps composent sa jeunesse.
Dans tout son air rayonne une sainte finesse,
Un naturel exquis dans sa simplicité.
O l'aimable mentor ! c'est la grâce enfantine ;
Du lis c'est la candeur ; de la source argentine
  C'est la limpidité.

Que d'autres, en montant à la sainte tribune,
Semblent avoir souci de leur propre fortune,
S'imposent de la gêne et des airs de grandeur ;
De l'abbé Mermillod la méthode est plus franche :
C'est le poisson dans l'onde et l'oiseau sur la branche,
  Il naquit orateur.

Qu'il lève bien les yeux vers la voûte céleste!
Qu'il croise bien les mains ! que facile est son geste!
Geste vif, inspiré, puissant, harmonieux!..

C'est Siméon Stylite au haut de sa colonne ;
Et souvent vous craignez qu'il ne vous abandonne
        Pour s'envoler aux cieux.

Mais il revient à vous, et sa tête s'incline.
Il parle, et l'on dirait qu'il dort sur la poitrine
De son divin Jésus, comme Jean, autrefois ;
Mais qu'il soit calme ou vif, qu'il prie ou qu'il exhorte,
Que son émotion devienne tendre ou forte,
        C'est du miel que sa voix.

Et que dit-il ainsi ? — « Chez vous la solitude,
« Recueillement profond, la prière, l'étude ;
« Dehors, que le Seigneur, par vous règne en tout lieu.
« Zèle ardent pour sa gloire. Aimez-le donc lui-même.
« Aimez l'Église, aimez le Pontife suprême,
        « Le lieutenant de Dieu. »

Oui, défendre les droits de Dieu, de son Église,
Venger la papauté, c'est à ce but qu'il vise.
Son zèle alors redouble, et ce sont des tableaux,
Des récits, des éclairs, d'immenses perspectives,
Des élans généreux, puis des notes plaintives,
        De sublimes sanglots !

Et comme il sait aussi parler de notre Père,
De ce grand successeur de notre grand Hilaire !
« Messieurs, dit-il un jour, quand votre Évêque écrit,
« L'Église se souvient du docteur de la Gaule :
« C'est toujours même voix, c'est toujours même rôle :
        « Hilaire et Jésus-Christ ! »

Et nous tous d'applaudir dans une noble ivresse.
Telle à ses avocats battait des mains la Grèce ;

Telle plutôt l'Église à quelque saint docteur.
Beau moment celui-là ! combien d'autres encore !..
L'esprit, quand tu le veux, te sort par chaque pore,
    Charmant prédicateur.

Mais ce n'est pas l'esprit qui peut féconder l'âme ;
L'esprit, c'est l'étincelle, et le cœur c'est la flamme.
Le cœur surtout, voilà ta force et ta vertu.
Le cœur, c'est le talent que Dieu donne aux apôtres.
Quand on n'aime que soi, comment aimer les autres ?
    Impossible, vois-tu ?

Tu nous as donc aimés en Jésus-Christ ton maître ;
Et, comme par l'amour, vite, on peut se connaître,
Nous t'avons tous chéri dès le premier abord.
Et voilà que déjà s'avance l'heure amère,
L'heure de nos adieux ; mais rien, ô tendre père,
    Ne rompra notre accord.

Parmi nous, pour toujours, ah ! si tu pouvais vivre !
Ce serait notre vœu ; mais l'apôtre se livre.
Reporte la lumière à d'autres régions.
Comme un phare sublime allumé sur la grève,
Le Rédempteur divin t'a placé dans Genève :
    Verse-lui tes rayons.

Nous te laissons partir : adieu, puisque c'est l'heure ;
Mais sache qu'en nous tous ton image demeure.
Pour nos frères absents j'ai tracé ce tableau.
De Véronique, ainsi, mes vers seront le voile :
Ceux qui ne t'ont pas vu te verront sur ma toile,
    Au bout de mon pinceau.

LA CLOCHE.

Laudate Dominum in cymbalis bene sonantibus.

Poëte, prends ton luth, réveille ton génie :
Il s'agit de chanter la cloche du saint lieu ,
Cet instrument de forte et pieuse harmonie
Dont les sons, ébranlant une sphère infinie,
       Montent de l'homme à Dieu.

Muse, je t'obéis ; à l'instant je commence :
Jadis, l'Esprit divin, ouvrant son aile immense,
       Planait sur le chaos...
Les éléments flottaient dans l'ombre et le repos...
Mais sous l'esprit de Dieu, sous cet esprit de flamme,
      Soudain ils reprennent une âme,
      Ils bouillonnent avec fureur;
Puis du sein du chaos chassés par la chaleur,
En globes lumineux ils volent dans l'espace ;
      Y reçoivent chacun leur place ;
Et de là sont éclos ces mondes dont nos yeux
Admirent le bel ordre en contemplant les cieux.

Ainsi, quand l'ouvrier a bâti sa fournaise,
Il y jette et le cuivre et le zinc et l'étain ;
Sur ces métaux fondus le prêtre étend la main,

Et dans le moule en terre glaise
S'arrondit l'instrument d'airain
Qui, du haut de sa tour, si mon bras le balance,
Ira mêler sa voix à ce concert immense
Des mondes balancés dans l'espace lointain !

La cloche a vu le jour, il faut qu'on la baptise.
Avant de la suspendre au-dessus de l'église,
Près du sol, dans la nef on la suspend d'abord ;
Puis (pour celui qui cherche en tout le vrai rapport,
Que la religion a de touchants emblèmes !)
Puis, comme si la foi connaissait deux baptêmes,
L'eau sainte, l'huile sainte ont coulé tour à tour
Sur un métal privé de raison et d'amour !...

, Pour exprimer l'éclat de la grâce divine,
Le croyant, remonté de la sainte piscine,
Du lis, pour vêtement, emprunte la blancheur ;
    Vêtue aussi d'une tunique blanche,
La cloche, comme un lis, vers la terre se penche
        Avec grâce et fraîcheur.
Enfin, de l'encensoir aspirant la fumée,
Comme le lis encor la cloche est parfumée.

    Ah ! sous son toit aérien
Portez-la maintenant, maintenant elle est pure :
Elle peut exprimer les vœux de la nature
        Et les vœux du chrétien.

        Du fond de la vallée
        A la voûte étoilée
        Tous les êtres divers

De leurs chants, de leurs vœux font retentir les airs.
Sur son lit de cailloux le doux ruisseau murmure,
L'oiseau sur tous les tons déroule sa voix pure ; [Dieu ?
Mais ces vœux, mais ces chants, qui donc les porte à
     Cette harmonie
      Infinie
   Qui la résume en son génie ?
— Le chrétien, et partant la cloche du saint lieu.

La cloche, c'est la voix dont parle l'Ecriture,
   Voix qui commande à la nature ;
   Voix qui tonne dans l'ouragan ;
Qui brise sans effort les cèdres du Liban...
C'est la voix du salut qui rappelle au coupable
La justice d'un Dieu, d'un juge inexorable ;
C'est le mâle clairon qui, sur le champ d'honneur,
Du juste chancelant ranime la valeur.

La cloche, c'est aussi la coupe salutaire
Qui nous verse les dons que Dieu fait à la terre :
A qui veut obtenir le bonheur souverain
   La grâce est nécessaire ;
Eh bien ! pour la verser, Dieu, ce semble, en sa main,
   Prend ce calice d'airain.

La cloche dans les cieux, c'est un arc d'alliance ;
   C'est un symbole d'espérance :
   En vain le prince des démons
    Déchaîne sur nos têtes
    Les fléaux, les tempêtes :
La cloche est dans les cieux, dès lors nous nous calmons.
        7·

Voyez : septembre approche et chaque jour la pluie
      Inonde le champ moissonné.
La belle gerbe d'or a pris couleur de suie ;
Et plus de beau soleil, de rayons couronné
      Qui la chauffe et l'essuie !
Le temps presse pourtant ; stérilement fécond,
Déjà le premier blé reverdit d'un second !...
Ah ! pauvre laboureur, que devient ta richesse ?...
Où s'en vont tes travaux, tes sueurs, ton adresse ?...
Mais que l'espoir encor doucement te caresse :
La cloche est dans les cieux pour conjurer le mal !
De la procession entends-tu le signal ?
Villageois désolés, hâtez-vous à cette heure,
Tous, d'un commun élan, vers la sainte demeure...
Bannière et croix en tête, aux bruits des chants divins,
Défilez, sur deux rangs, autour des champs voisins,
En murmurant tout bas les *Ave* du rosaire,
Et vous verrez bientôt que le Dieu débonnaire,
Loin de laisser Satan maître de l'atmosphère,
      Seul dirige le cours
De l'astre dont l'épi réclame le secours !...
Encore cette fois reviendront les beaux jours !

La cloche dans les cieux, enfin c'est notre étoile :
Naître, c'est s'embarquer, c'est déployer la voile...
      Eh bien ! quand nous naissons,
      La cloche, ébranlant la nue,
      Nous salue
      Par de joyeux sons.
Vivre, c'est naviguer sur une onde perfide.

Si nous nous égarons, quelle étoile nous guide ?...
Quel phare nous ramène à Dieu ?
— La tour du saint lieu...
Survient la maladie,
Écueil de la vie :
Aussitôt, pour sauver nos jours,
La cloche, appelant du secours,
Soulage au moins notre agonie.
Enfin, il faut sombrer, l'esquif échoue au port ;
Alors la voix d'airain pleure sur notre mort ;
Mais le corps seul périt, l'âme est d'autre nature :
Aussi la cloche mêle à ses balancements
De doux frémissements,
Quelque chose enfin qui rassure
Nos parents, nos amis, dans leurs pressentiments.

Étoile de ma destinée,
Puisses-tu m'être fortunée !
Puisses-tu, quand mon corps tombera dans la mer,
Ne pas laisser tomber mon âme dans l'enfer !

Muse, j'ai pris mon luth, réveillé mon génie.
A ta voix, j'ai chanté la cloche du saint lieu,
Cet instrument de forte et pieuse harmonie
Dont les sons, ébranlant une sphère infinie,
Montent de l'homme à Dieu.

LE NŒUD GORDIEN DE L'INCARNATION.

(TRADUIT D'ALAIN DE L'ISLE.)

——◆◆◆◆◆——

(*Magistri Alani de insulis rhythmus perele-
gans quo divinum id opus omnes artium
liberalium regulas aspernatum fuisse per
quam ingeniose cecinit.*)

PATROL. MIGNE, tom. CCX.

LA GRAMMAIRE.

Quoi ! le Verbe à la chair mortelle
S'unir de cette liaison !
Est-ce là chose naturelle,
Intelligible à la raison ?
Lui, substantif par excellence,
Il veut tenir de l'adjectif !
L'actif entre avec le passif
En mutuelle dépendance !

Dans ce nœud du Verbe divin
Toute règle perd son latin.

LA RHÉTORIQUE.

O nom, à côté de la chose
Tu dois passer plus d'une fois,
Lorsqu'en Dieu l'homme se transpose
Et du ciel partage les droits.

7***

Du discours nouvelle méthode,
Autres figures, autres tours ;
Au style de nouveaux atours,
D'autres lois à la période.

Dans ce nœud du Verbe divin
Toute règle perd son latin.

L'ARITHMÉTIQUE.

L'unité, sans perdre son centre,
Sort d'elle-même et se fait deux ;
Et sitôt qu'en elle elle rentre
Deux ne font qu'un à qui mieux mieux !
Une chose, restant la même,
S'étend à la diversité ;
Et, gardant sa simplicité,
Participe de chaque extrême !

Dans ce nœud du Verbe divin
Toute règle perd son latin.

LA MUSIQUE.

De Créateur à créature,
Quand règnent l'union, la paix,
Quelle harmonieuse mesure
Dirige les accords parfaits ?
Sur quel gonds roule la portée ?
Quelles clés ? clés d'ut ou de sol ?
Dièse, bécarre ou bémol ?
La Musique est déconcertée !

Dans ce nœud du Verbe divin
Toute règle perd son latin.

LA GÉOMÉTRIE.

A faire parler sa science,
Le géomètre est mal venu,
Dans un mystère où l'être immense
Est par l'espace contenu.
Ici, la courbe devient droite
Et de la sphère le contour
Se trouve emboîté tour à tour
Et tour à tour lui-même emboîte.

Dans ce nœud du Verbe divin
Toute règle perd son latin.

LA DIALECTIQUE.

Le lieu qu'on nomme des contraires
N'a plus sa place cette fois ;
La voyant prise par ses frères,
Il en pâlit et perd la voix ;
Il se dépite, il se démonte,
Captif dans ses propres liens ;
La logique à bout de moyens
A le front tout rouge de honte.

Dans ce nœud du Verbe divin
Toute règle perd son latin.

L'ASTRONOMIE.

Le soleil voilé d'un nuage,
Du nuage de notre corps,

Verse pourtant à son passage
La même lumière au dehors.
Né du sein de la Vierge-Mère,
Vers nous, il ne peut que déchoir ;
Mais sa faiblesse est son pouvoir,
De l'ombre jaillit la lumière !

Dans ce nœud du Verbe divin
Toute règle perd son latin.

LA ROSE DE LA VIE.

(TRADUIT D'ALAIN DE L'ISLE, *Ibid.*)

Grâce au pinceau de la nature,
Ici-bas toute créature
Est pour nous comme une peinture
Comme un livre, comme un miroir
C'est la fidèle ressemblance
De la mort et de la naissance,
De notre éphémère existence,
Au matin, à midi, le soir.

Voyez, par exemple, la rose
Humide et fraîchement éclose :
Quelle belle et touchante glose,
Quel tableau de notre destin !
Dès l'aube elle est épanouie ;
Notre vue en est éblouie ;
Mais la fleur tombe évanouie,
Quand le soir succède au matin.

De la vie aspirant à peine
La douce et précieuse haleine,
Voilà des fleurs l'aimable reine,
Qui s'effeuille au vent de la mort,

A la fois fanée et gentille,
A la fois vieille et jeune fille,
La rose meurt dès qu'elle brille,
Double extrême d'un triste sort !

Tel, après l'enfance première,
Dans la jeunesse printanière,
L'homme est une fleur belle et fière,
Mais, hélas ! pour combien de jours ?
Ah ! cette aurore fortunée,
Cette brillante matinée,
C'est la moitié d'une journée
Dont la nuit termine le cours !

A peine elle a fini d'éclore,
L'existence se décolore ;
Sur sa tige elle reste encore ;
Puis disparaît, l'âge suivant ;
Et la fleur n'est plus qu'une paille ;
La perle, qu'une vile écaille ;
Et, sous la mort qui le travaille,
L'homme que cendre en proie au vent.

Faible et nu sur terre il arrive ;
Dans les peines il faut qu'il vive,
Avec la sombre perspective
D'aboutir un jour au tombeau.
Au tombeau finit la carrière ;
Du port les flots sont la frontière,
Le ris s'éteint au cimetière ;
Du jour au soir meurt le flambeau.

Voilant de la mort ennemie
La voix, la physionomie,
Le travail contre notre vie
Dirige les premiers assauts :
L'hypocrite ! seul, il s'avance ;
On lui court sus sans défiance ;
Mais la douleur prend sa défense,
Et la mort vient combler nos maux.

Victime de ce stratagème,
Homme, la rose est donc l'emblème
Où tu peux voir le grand problème
De ton être et de ton destin.
Aux clartés de la foi divine,
Avec diligence examine
Ton présent et ton origine
Et surtout ta dernière fin.

A tes malheurs donne des larmes.
Du vice redoute les charmes,
Contre toi-même prends les armes
Et triomphe d'un vain orgueil,
Tenant en main la double rêne,
Guide ton esprit dans l'arène ;
Et que de ton corps que la carène
Ne donne pas contre l'écueil.

VEXILLA REGIS,

TRADUIT SUR LE TEXTE DE S. FORTUNAT.

(*Patrol.* Migne, t, LXXXVIII.)

L'étendard du grand Roi se lève sur le monde :
La Croix, comme un soleil, darde ses feux dans l'air ;
La Croix, type d'abord d'indignité profonde ;
La Croix où fut pendu comme une chair immonde
    Le Créateur de toute chair ;

La Croix où sous les clous à pointe meurtrière
Lui-même il étendit et ses pieds et ses mains ;
La Croix, autel sanglant où, par grâce plénière,
Rachetant à tout prix l'innocence première,
    Il s'immola pour les humains ;

La Croix où d'un soldat la lance impie et dure
Vint du Christ déjà mort percer encor le flanc ,
Y faisant bien en vain une large blessure
D'où, pour nous enlever à nous toute souillure,
    Il sortit de l'onde et du sang !

David ne mentait point dans son pieux délire ;
Il mettait bien d'accord sa lyre avec sa voix,
Avec la vérité s'accordait bien sa lyre ,
Quand il chantait : De Dieu s'établira l'empire
    Sur tous les peuples, par le bois.

8

Arbre dont la beauté surpasse tout emblème,
Arbre dont la couronne est de rayons divins,
Arbre empourpré du sang du monarque suprême,
Glorieux est le tronc qui te porta toi-même,
     Toi qui portes le Saint des saints ;

Arbre heureux, dont les bras ainsi qu'une balance
Pesèrent la rançon qui sauva l'univers !...
Du corps de l'Homme-Dieu, soudain, le poids immense
Fit à l'autre plateau remonter la distance
     Qui va du ciel jusqu'aux enfers !

De l'encens le plus pur ton écorce ruisselle ;
Ton suc sur le nectar a le prix de douceur ;
Des fruits les plus riants ton feuillage étincelle ;
Enfin, ta gloire en tout participe de celle
     Du triomphe du Rédempteur !

Auguste autel, salut ; salut, grande victime,
Qui, sur le Golgotha, vous illustrez d'accord ;
Qui figurez ensemble en ce drame sublime,
Où l'innocence même expire pour le crime,
     Où la vie éclot de la mort [1] !

POUR LE CARÊME [2].

(Salut, salut, ô croix, notre unique espérance,
En ces jours précieux, jours de la Passion ;
De l'homme déjà saint augmente l'innocence ;
Fait qu'à l'homme pécheur la divine clémence
     Donne pleine rémission).

1. Ici s'arrête le texte original.—2. Car nos artistes se confesseront,
à tout le moins une fois l'an.

ÉPILOGUE.

Par un nouveau prodige, ô croix, sois la bannière
Des jeunes légions qui combattent pour l'art.
Nous le verrons tomber, ce règne de matière
Ou de pure raison... La Croix, c'est la lumière !...
       Victoire par cet étendard !

DOXOLOGIE.

Source de tous les biens dont la Croix est le fleuve,
Trinité, de concert, ici-bas comme au ciel,
Que tout esprit te loue ; et qu'après son épreuve,
Quiconque, par la Croix, aura vaincu, s'abreuve
       Aux flots du bonheur éternel !

Te fons salutis, Trinitas,
Collaudet omnis Spiritus.
Quibus Crucis victoriam
Largiris, adde præmium.
   Amen !

A Mlle ALPHONSINE-GISÈLE C. B. DE M.

Oui, je la chanterai, cette petite fille,
Cet ange, descendu tout récemment du ciel
Pour occuper sa place au foyer de famille
    D'un riche et bienveillant mortel !

Laissons l'antiquité pleurer sur la naissance.
Lugubre était le sort de l'univers païen.
Au lâche qui n'a plus la foi ni l'espérance
    La vie est plus un mal qu'un bien.

Alors, c'est un cachot dont la mort est l'issue.
On n'a pour horizon qu'un mur épais et noir.
De ses rayons jamais l'aube ne vous salue ;
    Toujours la nuit, toujours le soir.

Mais vous, heureuse enfant, une double lumière,
Lumière pour l'esprit, lumière pour les yeux,
Lorsque chaque matin vous rouvrez la paupière,
    Brille sous vos rideaux soyeux.

A peine naissiez-vous qu'un flot de l'onde sainte
Effaçait du péché la trace en votre cœur.
Depuis, les habitants de la céleste enceinte
    Vous nomment leur petite sœur.

Vous êtes à la fois de ce monde et de l'autre :
Il n'est donc point pour vous ici-bas de prison.
Ah ! qui déplorerait un sort comme le vôtre,
    Celui-là n'aurait pas raison !

Eh ! que manquerait-il à cette destinée ?
En vous germe la foi qui change en biens les maux ;
De plus, dans l'opulence, enfant, vous êtes née ;
    Pour vous nuls soucis, nuls travaux,

Un seul malheur sur vous aurait prise, Alphonsine :
Que Dieu, je l'en conjure, écarte ce malheur !
Lequel ? Ah ! ce serait de rester orpheline...
    Mais d'où me vient cette frayeur ?

Est-il du poids des ans accablé, votre père ?
Sa tête, quand il marche, est-elle à ses genoux ?
Non, il est droit et fort. Ainsi de votre mère :
    Sa tige refleurit en vous.

Et puis n'avez-vous pas, chance bien rassurante,
Un frère généreux qui vous tint sur les fonts,
Qui vous a consacré de sa jeune âme aimante
    Les sentiments les plus profonds ?

N'avez-vous pas encore, ô charmante tutelle !
Une sœur de quinze ans, svelte comme un palmier...
Visible ange gardien qui couvre de son aile
    Votre blanche couche d'osier ?

Ouvrez, ouvrez, enfant, vos regards à la vie.
Étendez, étendez vos deux petites mains.

L'avenir vous promet des jours dignes d'envie.
Que de fleurs sur tous vos chemins !

Le soir, quand la nourrice à vous seule occupée
Vous dépose au salon, le temps de son repas,
Que rien ne trouble donc, ô vivante poupée,
La paix de vos joyeux ébats.

Entrez en scène, entrez, gesticulez à l'aise;
Évoquez vos joujoux de bois ou de carton;
Donnez à tout ce peuple un ordre qui vous plaise,
Dût le loup manger le mouton.

Puis, comme la famille autour de vous rayonne,
Que chacun dans ses bras veut vous prendre à son tour,
Envoyez à chacun, comme un ange les donne,
Baisers et sourires d'amour.

Oui, je la chanterai, cette petite fille,
Cet ange descendu tout récemment du ciel
Pour occuper sa place au foyer de famille
D'un riche et bienveillant mortel !

ÉPITRE

A Mᴸˡᵉ ERNESTINE C. B. DE M.

———✦———

LES RIDEAUX.

Parmi tous les objets que j'ai reçus de vous,
Il en est qui pour moi sont d'un aspect bien doux,
Entr'autres les rideaux qui parent mes fenêtres
Et que Taillé, la fleur de nos gardes-champêtres,
Soit dit sans faire injure aux grâces de Gentil,
Vint m'apporter, un soir, armé de son fusil.
Les rideaux ne sont point un ornement frivole,
Mais de la vérité le fidèle symbole.
Notre œil ni notre esprit ne veulent du jour pur.
— Le jour qui nous convient se nomme clair-obscur.
C'est la nuit, d'un côté; de l'autre, la lumière.
La Trinité, là-haut; ici-bas, la matière.
Or, pour unir l'ouvrage avec le Créateur,
Le Verbe a pris un corps, s'est fait médiateur.
L'Homme-Dieu, n'est-ce pas, ô doctrine féconde!
Un voile, un transparent, pour le ciel et le monde?
Le monde, c'est la forme, et Jésus l'idéal.
Jésus de l'art entier donne le mot final.
Et lorsqu'instituant la douce Eucharistie,
Il prend le pain, le vin et se fait notre hostie,
Laissant à nos regards l'*espèce* seulement,
C'est encore un rideau que le Saint-Sacrement.

8

Que si de notre foi nous quittons le domaine,
Pour descendre à celui de la raison humaine,
Qu'est-ce que la parole où l'âme se fait jour ?...
Qu'est-ce qu'un doux regard, un sourire d'amour ?
Ah ! ce n'est pas à moi qu'il convient de le dire ;
Mais c'est, entre deux cœurs, un rideau qui se tire
Et qui laisse entrevoir à l'un et l'autre amant,
Dans l'âme de chacun, tout un pays charmant.
Tel un rapide éclair fendant la sombre nue
Devant le voyageur découvre l'étendue.
Quelle autre mieux que vous doit saisir ce rapport,
Vous qui savez sourire avec si peu d'effort ?
Car, ce qui m'a frappé, souffrez que je l'avoue,
Ce n'est point la fraîcheur de votre belle joue :
Dieu vous forma pourtant du plus pur kaolin ;
Ce n'est point de votre œil le brillant cristallin ;
Mais votre franc sourire, ô bonne demoiselle,
Qui m'a fait voir en vous une âme encor plus belle.
Ailleurs, j'ai vu s'ouvrir des lèvres de corail
Qui disaient : De mes dents admirez-vous l'émail ?
J'ai rencontré cent fois de sémillantes faces
Capables d'enseigner aux singes les grimaces ;
Mais un sourire vrai, candide, immaculé,
Je ne l'ai vu qu'en vous : où l'avez-vous volé ?
Enfin, dernier rapport, dans toute la nature,
Les corps ne sont-ils pas de vrais traits d'écriture,
Des voiles recouvrant un sens spirituel ?
L'idéal est partout à côté du réel ;
Et qu'est-ce, l'idéal ? Quelque chose d'immense
Qui derrière un rideau s'ouvre à l'âme qui pense ;

Car, Dieu pour forcer l'homme à chercher l'infini
Ne donne point au jour un éclat plein, uni ;
Lui qui n'a rien créé qu'avec mesure et nombre
Marie en chaque objet la lumière avec l'ombre.
Où seraient, autrement, la poésie et l'art ?
Si donc, dès le matin dissipant le brouillard,
Le soleil de ses feux chasse la nuit obscure,
Elle revient, le soir, régner sur la nature.
Un rideau qui se ferme et s'ouvre tour à tour,
Voilà l'ordre éternel de la nuit et du jour.
Telle une chaste vierge, avec sa modestie,
Ne laisse jamais voir ses charmes qu'en partie.
Un logis sans rideaux, Dieu ! quelle nudité !
Dieu ! que c'est indiscret ! Dieu ! que c'est effronté !
Que c'est stupide aussi, car toujours le mystère
Sera le beau côté des choses de la terre.
Sans rideau, quel sera de votre appartement,
Quel sera, répondez, le premier ornement ?
Sera-ce une statue, un beau tableau ? Sera-ce,
Avec son cadre d'or, une superbe glace ?
J'admets que le miroir a, pour une beauté,
De bien puissants attraits ; mais quelle vanité !
Puis, contempler toujours une même personne,
Oh ! que c'est ennuyeux, oh ! que c'est monotone !
Allez à la fenêtre, écartez le rideau :
Là, sans cesse, à vos yeux, quelque détail nouveau.
La scène, à chaque instant, change d'aspect, de drame ;
Tantôt c'est un monsieur et tantôt une dame.
Vous passez quelquefois, dans le même moment,
De la noce joyeuse au sombre enterrement.

Enfin, lasse de voir, lâchez la draperie :
Comme elle prête encore à votre rêverie !
Vivent donc les rideaux ! j'en étais dépourvu.
Pour un poëte, hélas ! c'était bien froid, bien nu ;
Mais enfin, grâce à vous, jeune et charmante fée,
Ma maison désormais en sera réchauffée.
Comme, dans une serre, on garde le printemps,
Malgré les aquilons et malgré les autans,
Chez moi je retiendrai l'harmonieux zéphyre
Qui fait naître les fleurs aux doux sons de la lyre ;
Et, si vous l'agréez, je pourrai quelquefois
Vous faire de ces fleurs un bouquet de mon choix.

LE POULAIN ET LA LOCOMOTIVE.

FABLE.

A M. ALPHONSE C. B. DE M.

Jésus parlait en paraboles.
L'apologue régna de toute antiquité.
Ce qu'on n'ose dire en paroles,
On le dit par la fable en toute sûreté.

Esprits présomptueux, voici donc une histoire
Dont il vous sera bon de garder la mémoire.

Un poulain vigoureux, brillant, rapide et fier,
Caracolait, un jour, près d'un chemin de fer;
Il aperçoit de loin une locomotive
Dont la course, il est vrai, lui parut bien active.
Certes! c'est bien marché, dit-il; est-ce la peur
Ou le vent qui la pousse? est-ce le feu vengeur?
Paris, quoi qu'il en soit, va me voir avant elle.
Là-dessus le poulain part comme l'hirondelle.
Il ne connaît d'abord ni coteau ni ravin.
Palissades, fossés à lui s'offrent en vain,
D'un bond il les franchit, et, loin d'être plus lente,
Son ardeur, par l'obstacle, à chaque instant s'augmente.
Longtemps tout alla bien. Les voyageurs surpris
Crurent qu'à la vapeur il ravirait le prix ;
Mais bientôt s'abattait sa superbe encolure,
Les cailloux firent mal à ses pieds sans ferrure.

Et, comme on arrivait en gare d'Orléans,
Notre pauvre poulain n'en pouvait plus des flancs.
Essoufflé, disloqué, ruisselant, c'est à peine
S'il se tenait debout : on lui coupa la veine...
   Enfin, peu s'en fallut
   Qu'il n'en mourût.
Et bien aise fut-il que, par miséricorde,
   A l'aide d'une grosse corde,
On le mit en wagon à l'arrière du train,
   Pour finir son chemin.

   Sous le voile de cette fable,
Je reconnais d'abord un dandy fort aimable [1]
   Qui chemina ces jours derniers
   De La Meilleraie à Poitiers.
Je découvre surtout bon nombre d'incrédules,
   Tous de plus en plus ridicules,
Qui voudraient sans la foi nous mener au progrès.
Ce sont de vrais poulains, des poulains traits pour traits.

---

1. M. Alphonse C. B. de M. qui par bravade voulut faire à pieds le
trajet des forges de La Meilleraie à Poitiers.

CHANSON

POUR ACCOUTUMER UN PETIT ENFANT DE LA CAMPAGNE EMMENÉ A PARIS.

Sur l'air : Goûtez, âmes ferventes.

J'ai fui l'humble demeure
De mes parents chéris ;
Et voilà qu'à cette heure
Je chante dans Paris.

Chanter, c'est ma nature.
Jadis, sur les coteaux,
J'allais, de ma voix pure,
Réveiller les échos.

A présent, c'est en cage
Que je fais le coucou.
J'ai changé de plumage
Et me nomme Bijou.

Mais ma cage est si belle,
Si grande, en vérité !...
J'y puis jouer de l'aile
En toute liberté.

Puis le grain que je mange
Est si délicieux,
Que si j'étais un ange,
Je me croirais aux cieux.

Blasphème ! Ce bas monde
N'est point le paradis.
Monsieur le curé gronde
S'il sait ce que je dis.

« Enfant, peux-tu donc croire
« Me dit-il, mécontent,
« Que Paris soit la gloire
« Qui là-haut nous attend ?

« Cet éclat, cette pompe,
« Un moment séduit l'œil.
« Mais, mon fils, tout nous
                        [trompe
« En deçà du cercueil. »

— Pasteur, à votre école,
J'appris que les faux biens
N'ont rien que de frivole,
Toujours je m'en souviens.

A chanter ce que j'aime
Si je mets trop d'ardour,
Ah ! du moins, le blasphème
Est bien loin de mon cœur.

Si des biens que je goûte
Je suis trop triomphant,
Dieu pardonne, sans doute,
A ce bonheur d'enfant,

Lui qui, dans l'Évangile,
Nous dit que l'oisillon
A toujours pour asile
Un nid près du sillon.

Aux fleurs les plus obscures
Il tisse, de ses doigts,
De brillantes parures
Qui font envie aux rois.

Sa volonté bien claire
Est qu'on espère en lui ;
Qu'on brave la misère
Et qu'on chasse l'ennui.

Il veut que l'un à l'autre
On se donne la main.
Que chacun soit apôtre
A l'égard du prochain.

C'est vraiment une danse
Que ce vaste univers ;
Partout même cadence,
Partout mêmes concerts !

Et cela dès l'aurore,
Et cela tout le jour,
Le soir, la nuit encore,
Au souffle de l'amour.

Aux voix les voix répondent,
Atomes, séraphins,
Et toutes se confondent
Dans des accords divins.

Or, ma voix exiguë,
Au milieu de ces voix,
N'est nullement perdue,
Dieu l'entend chaque fois.

A lui, source première
De la félicité
Vont d'abord ma prière,
Mon cœur et ma gaîté.

Puis là-bas, en province,
A mes parents chéris,
Puis à l'auguste prince
Qui gouverne Paris.

Enfin au tendre maître
Dont je suis nourrisson,
Sans oublier le prêtre
Qui me fit ma chanson.

TITYRE ET MÉLIBÉE.

PREMIÈRE ÉGLOGUE DE VIRGILE.

————◆————

MÉLIBÉE.

Etendu sous ce hêtre, ample dais de feuillage,
Tu siffles, toi, Tityre, en paix, comme d'usage,
La rustique chanson sur le pipeau joyeux ;
Et nous, de la patrie et des champs des aïeux
Nous sommes exilés! nous fuyons, quand Tityre,
A l'ombre mollement, ne cesse de redire
Amaryllis, sa belle, aux bosquets d'alentour.

TITYRE.

O Mélibée, un Dieu, je le dis sans détour ,
Car à ce Dieu je dresse un autel pour la vie,
Et souvent l'agnelet pris dans ma bergerie
Le teindra de son sang , un Dieu fit mon repos.
A leur guise, tu vois, il laisse mes troupeaux·
Errer de tous côtés ; il me laisse moi-même
Sur l'humble chalumeau jouer les airs que j'aime.

MÉLIBÉE.

J'admire ton bonheur ; je n'en suis point jaloux.
Qui ne l'admirerait, quand tout est, parmi nous,
Dans la peine et le deuil et les vives alarmes ?
Tiens, vois, j'emmène au loin, qu'il m'en coûte de larmes !
Ces chèvres, dont, hélas! l'une ne peut marcher,

Celle-ci... l'autre jour, sur un âpre rocher,
Là, dans le bois voisin en coudriers fertile,
L'imprudente mit bas, fécondité stérile,
Deux jumeaux, du bercail espoir bien naturel.
Ce malheur, ah ! souvent l'arbre frappé du ciel,
Ah ! souvent la corneille au sinistre présage
Me l'avaient annoncé, mais j'étais si volage !
Cependant, quel est donc ce Dieu dont les bienfaits
Dans le trouble commun te font goûter la paix ?

TITYRE.

La reine des cités, cette ville de Rome,
Qu'avec étonnement dans tout le monde on nomme,
Cher Mélibée, eh bien ! dans ma simplicité,
Je la croyais semblable à cette humble cité,
Où nous, pauvres pasteurs, nous allons d'ordinaire
Vendre le tendre agneau, quand la brebis est mère.
J'avais ainsi, vois-tu, comparé de tout temps
Les agneaux aux brebis, les petits chiens aux grands ;
Mais autant le cyprès à la taille superbe
Surpasse l'arbrisseau qui serpente dans l'herbe,
Autant Rome au-dessus des villes d'autres lieux
Fait briller de son front l'éclat prestigieux.

MÉLIBÉE.

Et quel motif si grand de voir la capitale ?

TITYRE.

La liberté, ce bien qu'aucun autre n'égale.
Qu'elle a tardé longtemps à se rendre à mes cris !
Enfin, de mon menton voyant les poils plus gris,

Elle vient; elle vient depuis que moins flattée
A mon Amaryllis m'a laissé Galatée;
Car, j'en ferai l'aveu, tout le temps que mon cœur
De Galatée hélas ! subit l'attrait vainqueur,
Je n'eus de liberté, pas plus que de fortune,
Aucun espoir solide, aucune chance, aucune.
A l'ingrate Mantoue, en ce temps, avaient beau
Mainte et mainte victime aller de mon troupeau.
J'avais beau lui presser maint succulent fromage,
Bourse pleine, jamais, ne rentrais au village.

MÉLIDÉE.

Si tu priais les dieux avec tant de chagrin,
Devais-je, Amaryllis, m'étonner,... si ta main
A chaque arbre fruitier laissait les fruits mûrs pendre?
Il était loin d'ici ! j'aurais dû le comprendre.
Ces fontaines, ces pins, Tityre, nuit et jour,
Ces tendres arbrisseaux tout languissants d'amour
Etaient de te revoir impatients eux-mêmes.

TITYRE.

Que faire ? Devant moi rien que ces deux extrêmes :
Ou de la servitude accepter les liens,
Ou dans Rome chercher d'assez puissants soutiens.
Or, c'est là, Mélibée, en cette grande Rome
Que j'ai pu de mes yeux contempler ce jeune homme
A la gloire de qui, douze jours tous les ans,
Toujours sur mes autels s'allumera l'encens.
C'est là que, le premier, avec la voix d'un père,
Il m'a daigné répondre : « Enfants, à l'ordinaire,
« Paissez vos bœufs ; au joug soumettez vos taureaux. »

MÉLIBÉE.

Heureux vieillard ! ainsi tu gardes tes enclos ;
Et c'est assez pour toi, bien que la pierre nue
Ou le jonc limoneux en couvrent l'étendue.
Nul herbage étranger n'agira sur les pis
Ou sur les flancs féconds de tes chères brebis.
De nul autre troupeau le mal communicable
Ne viendra les frapper d'une peste incurable.
O vieillard fortuné ! là parmi ces courants
Familiers à ton cœur dès tes plus jeunes ans,
Près de quelque fontaine abondante et sacrée,
Tu te pénétreras d'une fraîcheur ombrée.
Là, séparant ton champ d'avec le champ voisin,
La haie où vient l'abeille enlever son butin
Aux fleurs du saule amer, qu'en chantant elle ronge,
Souvent t'endormira de quelque doux mensonge ;
Là, pour toi, l'émondeur, des rochers les plus hauts,
Livrera ses accents à la brise, aux échos.
La tourterelle aussi, le ramier, ta tendresse,
Sur l'orme aérien roucouleront sans cesse.

TITYRE.

Aussi, les cerfs légers brouteront dans les airs ;
On prendra les poissons à sec au bord des mers ;
On verra, tous les deux ayant changé de zone,
Le Germain boire au Tigre et le Parthe à la Saône,
Avant que son visage échappe de mon sein.

MÉLIBÉE.

Et nous, il faut aller chez l'aride Africain,
En Scythie et dans l'île où l'Oaxe galope [1],
Ou chez les froids Bretons, hors du monde et d'Europe !
Jamais donc, soit dans peu, soit après un long temps,
De mes aïeux chéris reverrai-je les champs,
Ces champs, mon patrimoine et mon petit royaume,
Et ma pauvre cabane, avec son toit de chaume ?
Ces fertiles guérets qu'ensemença ma main
Vont devenir la part d'un soldat inhumain !
Ah ! ces belles moissons, un barbare peut-être
Dans quelques jours d'ici s'en dira le seul maître !
De la discorde, hélas ! voilà donc les abus !
Voilà pour qui seront nos blés, nos revenus !
Va, greffe tes poiriers ; va, Mélibée, aligne
Dans un ordre parfait les meilleurs plants de vigne !
Vous, mes chèvres, troupeau jusque-là bienheureux,
Allez, allez aussi ; de l'antre ténébreux
Dont je goûtais, couché, la fraîcheur verdoyante,
Je ne vous verrai plus, sur la roche pendante,
Brouter l'ingrat buisson. Je n'aurai plus de vers,
Vous de cytise en fleurs, ni de saules amers.

TITYRE.

Cependant, avec moi, cette nuit, qui t'empêche
De reposer encor sur la verdure fraîche ?
On a de bons fruits mûrs faits pour flatter ton goût,
Des châtaignes à point, du fromage surtout,
Et puis, au loin, déjà fument les cheminées
Et les ombres des monts tombent très-inclinées.

1. L'Oaxe, fleuve rapide de Crète. *Rapidum Oaxem.*

NOTE FINALE

C'est enfin comme contraste que nous venons de donner la première églogue de Virgile, ce spécimen si justement célèbre de la poésie et de l'art antiques, ce chef-d'œuvre de naturalisme qu'on ne dépassera jamais. (Les bucoliques prétentieuses du dix-huitième siècle seraient bien une autre opposition !)

Rien de mieux, évidemment, que ce morceau ; impossible même de le traduire ; et, moins que personne, nous oserions nous flatter d'avoir fait passer toutes les beautés du texte dans notre version. Cependant, à la lecture de ces incomparables vers du poëte de Mantoue, à la vue de ces ravissants tableaux, ne sentez-vous pas l'insuffisance de l'idéal purement humain et païen ? Le cœur, n'est-ce pas, réclame quelque chose de plus ? Eh bien ! ce vide ne saurait être rempli que par la poésie chrétienne, fille de la vérité infinie ; et, pour la contenir, la forme aussi devra s'élargir, s'élever, se spiritualiser, se transfigurer, se diviniser, car, dit Jésus-Christ, le vin nouveau ne se met pas dans de vieilles outres. Autrement, les outres se rompent et le vin est perdu. Voilà ce que nous avons voulu prouver et rendre sensible. Voilà l'impression définitive sous laquelle vous laissera ce volume. On y trouve, en petit, à peu près tous les genres et tous les tons de la poésie. Les pièces y sont assez nombreuses pour que l'idée princi pale, c'est-à-dire Jésus-Christ lui-même, y apparaisse sous divers aspects. Dans chaque pièce, nous avons tâché que l'âme déployât son vol de la terre au ciel et fût légèrement émue dans ses trois facultés : imagination, raison et cœur. En un mot, nous nous sommes composé une voix non pas éclatante et foudroyante, mais largement insinuante, mélodieuse et sereine, que nous aurions désiré dilater et arrondir suffisamment pour faire entendre à tous, *urbi et orbi*, sans irriter ni même éveiller personne, la nécessité de l'*Ecce Agnus Dei* dans l'art. C'est plutôt un souffle qu'une voix ; c'est la respiration, par notre pauvre bouche humaine, de cette sagesse éternelle qui a tout tiré d'elle-même, qui contient tout et qui certes doit avoir le secret de tout exprimer : *Spiritus Domini replevit orbem terrarum, et hoc quod continet omnia scientiam habet vocis.* L'expression, la signification, la mise en relief spirituelle et divine des choses en Jésus-Christ et par Jésus-Christ, l'Homme-Dieu, le doux et miséricordieux Agneau rédempteur, voilà la vraie et complète définition des lettres, de la peinture et de tous les arts. Bref, Verbe incarné, lyre et pinceau, Jésus Dieu des arts.

Et nous, à l'exemple de saint Jean-Baptiste, nous nous sommes fait, rôle trop beau pour nous, le précurseur, mais le précurseur adouci de cet Agneau : *Ecce Agnus Dei...* (Puissions-nous ne pas prêcher tout à fait dans le désert : *Vox clamantis in deserto!*) Envers les artistes, que nous supposons tous de bonne foi, tous généreux, nous n'avons pas voulu employer le *progenies viperarum*, qui ne convenait qu'aux Pharisiens, mettre la cognée au pied de l'arbre, brusquement renverser les montagnes et combler les vallées pour préparer les voies du Seigneur et rendre droits ses sentiers. Nos poésies seront comme un léger nuage sur lequel descendra dans les cœurs celui qui venait non pas les opprimer, mais les décharger du poids de leurs péchés : *Agnus Dei qui tollit peccata mundi*; celui qui disait : Venez à moi, vous tous qui êtes accablés, et je vous soulagerai ; apprenez de moi que je suis doux et humble de cœur; je fais mes délices d'être avec les enfants des hommes.

Oh! que les délices des hommes seraient aussi d'être avec Jésus, de contempler et de copier Jésus s'il leur était présenté avec tous les charmes qu'un art vraiment chrétien saurait découvrir en celui qui est le Verbe plein de grâce : *Plenum gratiæ et veritatis !* Mais, on fait de lui, tous les jours, l'*Ecce Homo* du balcon de Pilate; et les prétendus amateurs du beau ne manquent pas de s'écrier : *Tolle, tolle, crucifige eum. Sanguis ejus super nos et super filios nostros !* Malheureux ! comment ne voyez-vous donc pas qu'après cette scène dérisoire de la flagellation, la laideur momentanée du Sauveur est une laideur d'emprunt qui vous appartient, et qu'il faut, en effet que son sang retombe miséricordieusement sur vous et sur votre race, pour vous rendre votre beauté primitive !

TABLE DES MATIÈRES.

POITIERS. — TYPOGRAPHIE DE HENRI OUDIN.

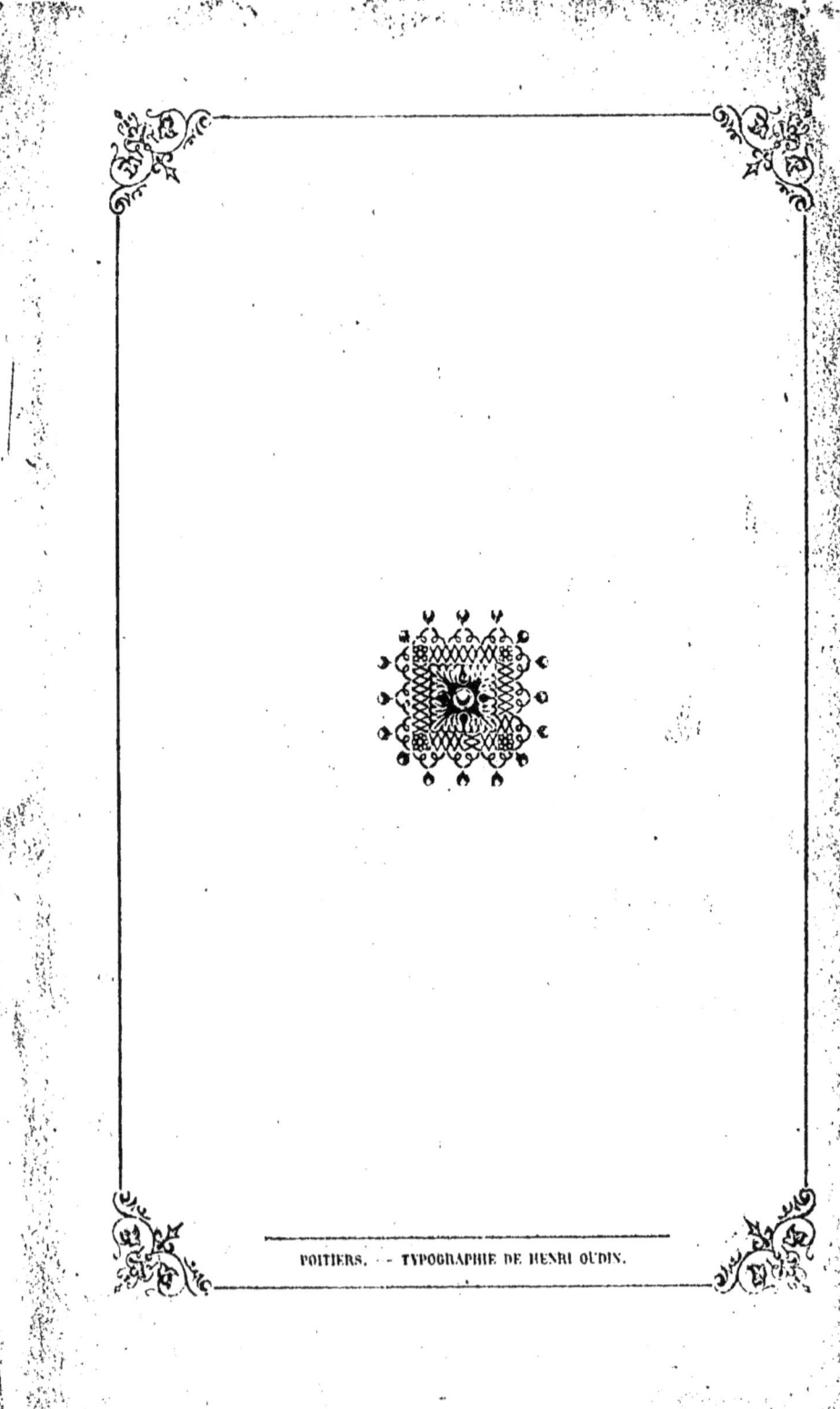

POITIERS. — TYPOGRAPHIE DE HENRI OUDIN.